KUNST ALS INDIZ

Bildfäden № 1

Bildfäden: Das sind Essays, die von Bildern ausgehen, etwa einer Röntgenaufnahme, einem Gemälde, einer Graphik, einem Diagramm, einer Photographie, einem Filmstill. Jeder Text entwickelt einen *Bildfaden*, der eingewebt ist in die Wirklichkeiten, in denen wir leben, geht ihm nach und spinnt ihn weiter. Bilder begegnen uns nicht nur im Museum. Unentwegt verhalten wir uns in, zu und mit ihnen. Entsprechend unterschiedlich sind die Horizonte der hier erscheinenden Versuche.

Daneben publizieren wir in unserem Blog unter www.schlaufen-verlag.de Texte, die das Konzept der *Bildfäden* in kleinen Formen aufnehmen.

Herausgegeben von Friedrich Haufe, Vincent Sauer, Gregor Schliep & Friedrich Weber-Steinhaus.

Frank Witzel

KUNST ALS INDIZ

Derricks phantastischer Realismus

Schlaufen Verlag

»Die Kunst, das ist nur noch ein Wort, dem nichts Wirkliches mehr entspricht.«

— Martin Heidegger

Denke ich an das Zimmer zurück, in dem ich meine Kindheit und Jugend verbrachte, bis ich es im Sommer 1974 verließ, um zum Studium in eine andere Stadt zu ziehen, dann erscheinen eine Reihe ungenauer Bilder vor mir, die sich überschneiden und mich verunsichern, was den jeweiligen Zustand der Einrichtung zu einem bestimmten Zeitpunkt angeht. Einfacher ist es für mich, das Zimmer nicht von außen als »Schuhkarton« einer Bühne zu sehen, sondern mich gedanklich in ihm zu bewegen, aus den beiden Fenstern nach draußen zu schauen, einmal in den Garten, einmal auf den keine zehn Meter entfernten Backsteinbau der neugotischen Kirche, neben der wir wohnten; durch die beiden Türen zu gehen, entweder in das Zimmer meines Bruders oder in den kleinen Vorraum und von diesem in das enge Treppenhaus, das die Stockwerke miteinander verband. In meinem Zimmer gab es allein durch die zwei Türen und zwei Fenster, dazu noch einen Kleiderschrank und eine Kombination aus Schrank, Regal und ausziehbarem Bett, die in den 1960er Jahren für das sogenannte »Jugendzimmer« sehr beliebt war, nur sehr wenig Platz, um Bilder aufzuhängen. Dennoch nutzte ich diese halbe Wand, um sie über die Jahre mit unterschiedlichen Fotografien, Drucken und Postern zu verzieren. Anfänglich noch Pierre Brice als Winnetou und Lex Barker als Old Shatterhand, schon bald Beatles, Kinks, The Who, Small Faces und später dann unter anderem zwei Reproduktionen von Dalí, einmal den *Christus des heiligen*

Johannes vom Kreuz und einmal *Das architektonische Angelusläuten Millets*, eine von Dalís malerischen Variationen des spätrealistischen Gemäldes: zwei riesige amorphe Figuren in der für Dalí typischen Landschaft von Port Lligat, in der er zusammen mit Gala über fünfzig Jahre in einem selbstentworfenen Haus lebte, das später zum Museum wurde.

Warum hatten mich gerade diese beiden Bilder angesprochen? War der Gekreuzigte, auf den der Betrachter, so als teilte er den Blick des Heiligen Geistes, hinabsieht, Symbol meiner Bemühungen, mir ein eigenes Bild von der Religion zu machen, von der ich mich langsam zu lösen begann? Und standen die beiden überdimensionalen amorphen Skulpturen in einer reduzierten Landschaft für das, was nur ich allein in meiner alltäglichen Umwelt zu erkennen meinte, etwas, das aus einer Traumwelt durch sie hindurchleuchtete und an dem alle anderen vorbeigingen, als existierte es nicht?

Ich wusste nicht, auch wenn ich den Titel des Gemäldes vielleicht gelesen haben mochte, welches Sujet Dalí aus dem bekannten Postkartenmotiv von Millet herausgelesen und malerisch umgesetzt hatte. Die Kunsthistorikerin Jutta Held hebt hervor, dass Dalí die starke Wirkung des Gemäldes nicht auf die unschuldige Frömmigkeit des Bauernpaars, sondern die zwischen ihnen herrschende »versteckte geistige Dynamik« zurückführt. »Durch die Assoziationsketten,

(1) Salvador Dalí, *Das architektonische Angelusläuten Millets.*

die das Bild auslöst, verwandeln sich die beiden Figuren für Dalí durch einen Prozess, in dem jede die andere zunehmend überdeckt und auslöscht, seine Bedeutung verändert und erweitert oder in sein Gegenteil verwandelt, in immer neue Wesen. Dieser Verdauungsprozess, den Dalí auf der Inhaltsebene beschreibt, bestimmt strukturell den formalen Prozess, durch den imaginäre Bilder produziert werden, ein Prozess, in dem diese Bilder sich gegenseitig überlagern, intensivieren und ineinander auflösen.«[1]

Jetzt, während ich mich zum ersten Mal seit vielen Jahren, beinahe meine ich seit damals, erneut an dieses Bild erinnere und es wieder betrachte, erscheint mir die Bedeutung, die Dalí diesem Motiv zuschrieb, nahezu gespenstisch passend für den Sechzehn-, Siebzehnjährigen, der sich neben der katholischen Tradition auch aus den familiären Strukturen zu lösen begann, die immer auch ein unausgesprochenes Geheimnis in sich tragen, ähnlich der übermalten Stelle, die Dalí im Zentrum des Gemäldes von Millet vermutete: ein Kindersarg, in dem sich der tote Sohn des Paares befindet. Für Dalí, so Held, ist das Bild »eine matriarchale Darstellung der Mutter mit ihrem Kind, in der die Frau ihren Ehemann durch den Sohn ersetzt hat und nun im Begriff ist, ihn zu verschlingen. Dalí interpretiert diesen Akt inzestuöser Liebe als einen tödlichen Gewaltakt. Aus der augenscheinlich unschuldigen Struktur des religiösen Gemäldes entschlüsselt Dalí den Zerstörungswillen der Frau, was die Angst des Mannes vor der Liebe erklärt.«[2] Las ich aus Dalís Umsetzung intuitiv diesen Konflikt heraus, von dem ich selbst nichts ahnte und für den mir notwendigerweise jegliche Möglichkeit der Erkenntnis fehlte, auch wenn mir die nach außen hin ausgestellte naive Religiosität meiner Eltern, besonders was meine Mutter anging, ebenfalls etwas Entscheidendes zu verbergen schien? Und war es nicht gerade Kennzeichen dieser Religion, dass der Sohn geopfert wird, weshalb der Figur der Pietà – von der sich eine der Statue des Michelangelo nachempfundene Version in einem von außen zugänglichen Anbau am linken Seitenschiff unserer Kirche befand, also wiederum keine zehn Meter entfernt unterhalb meines Zimmers gelegen, wenn auch von dort nicht einsehbar – immer auch etwas Zwiespältiges anhaftet, da sie trotz aller Trauer und mehr in der Gestik als in der Mimik den Triumph der Mutter zeigt, der darin besteht, den Sohn nie völlig freigegeben zu haben, um ihn wenigstens am Ende, wenn schon die Bedingungen seiner Geburt im Unklaren bleiben mussten, in der scheinbaren Eindeutigkeit des Todes umfassen zu können? Zu wem, so drängt sich mir heute die Frage auf, betete meine Mutter eigentlich, wenn sie in die Kirche ging, da sie die dort herrschenden patriarchalen Strukturen, unter denen sie selbst zu leben hatte, einerseits ganz offensichtlich ablehnte, andererseits jeden Marienkult verachtete, da ihr der wiederum zu »primitiv« erschien, auch wenn in dieser Einschätzung womöglich eine Form von Selbsthass mitschwang, der aus der ihr von der Gesellschaft zugeteilten Rolle als Frau entstammte?

Die paranoid-kritische Methode, die Dalí auf Millet anwandte, scheint ganz ursprünglich in der katholischen Bildwelt beheimatet, in der die Toten nicht nur verdeckt hinter, sondern ganz offen neben und vor den Lebenden erscheinen, sich mit ihnen mischen, unter ihnen wandeln und Teil eines Kosmos sind, in dem Leben und Tod, Diesseits und Jenseits nicht länger klar unterschieden werden. Das, was die Kirche als ihr wahres Geheimnis zu verbergen trachtet, die Herrschaft sexueller Machtstrukturen bis hinein in die Lehre selbst, lässt rätselhafte Kombinationen wie die Dreifaltigkeit und experimentell beliebig in der Wandlung wiederholbare Wunder wie Ablenkungsmanöver erscheinen, »Übermalungen«, die von den Surrealisten, zusammen mit den Strukturen, wie sie innerhalb autoritärer Gesellschaften existieren, freigelegt wurden. Dalí hatte tatsächlich einmal – seine Beschäftigung mit dem Gemälde Millets fand Anfang der 1930er Jahre statt – den inneren Zusammenhang einer bis dahin immer auch religiös konnotierten Gesellschaft bedroht, selbst wenn ihn diese Gesellschaft später vereinnahmen und damit unschädlich machen würde. Sein Eintritt in die katholische Kirche, keine zwanzig Jahre später, lässt sich deshalb wohl auch nicht eindeutig erklären: ja, es könnte ein weiteres Zeichen seiner Korrumpierung sein, genauso gut wäre dieser Schritt aber auch als Bekenntnis zum Katholizismus als wahrem Hort des Surrealismus zu lesen; womöglich vergleichbar mit seiner Haltung dem Faschismus gegenüber, die durchaus genauer zu betrachten und nicht vorschnell zu interpretieren wäre. Erkannte Dalí in Hitler, der »sich in *Mein Kampf* als Künstler« stilisiert[3], den Kollegen, so wie Stockhausen im Attentat vom 11. September »das größte Kunstwerk« oder Picasso in den Panzern auf dem Boulevard Raspail den Kubismus?[4] Wahrscheinlich sollte die Kunst ebenso wenig mit der Realität verglichen werden wie die Realität mit der Kunst. Einmal ganz von der subversiven Kraft des Bekenntnisses abgesehen, mit der sich eine Ideologie oft viel wirksamer kritisieren, wenn nicht gar aushebeln lässt als durch eine erklärte Gegnerschaft.

»Als Dalí 1932 den Surrealisten ein neues Experiment beschrieb – seine Denk-Maschine, für die er eine Reihe Trinkbecher mit warmer Milch benötigte –, protestierte Aragon mit den Worten gegen diese Idee: ›Gläser mit Milch[5] sind nicht für surrealistische Objekte, sondern für die Kinder der Arbeitslosen da.‹«[6] Dabei förderten gerade die Surrealisten die Befreiung des Kindes, indem sie die vielseitigen und ansonsten verschwiegenen und verleugneten Bedrohungen thematisierten, von denen es in seiner Entwicklung heimgesucht wird. Mehr noch als die Psychoanalyse, deren wissenschaftlich-medizinischer Anspruch ihren Kritikern bei aller Skepsis dennoch einen Rest an Respekt einflößte, war der Surrealismus nie wirklich gemocht,[7] die Kritik an ihm dabei selten sachlich und auf Inhalte fokussiert, vielmehr von Anfang an darauf bedacht, sämtliche Werke, Theorien und Aktionen auf das harmlose Spektakel herunterzubrechen, für das man ihm innerhalb der Gesellschaft einen Platz zugedacht hatte. Ich muss gestehen, dass letztlich auch ich zeitweise auf diese Verkürzung hereingefallen war, sodass ich mich dem Surrealismus nach meiner pubertären Begeisterung erst viel später wieder und in Erinnerung an den Jugendlichen, der sich besagte Bilder ins Zimmer hängte, in seiner verschiedentlich immer noch aktuellen Bedeutung widmen konnte. Wahrscheinlich bedeutet Erwachsenwerden, auch die Mittel, die einem diese Entwicklung überhaupt erst ermöglichen, zusammen mit dem, was man zu überwinden trachtete, zurückzulassen, und vielleicht musste ich in einem weiteren Schritt dieses letztlich fragwürdige Erwachsensein überwinden und hinter mir lassen, um zu dem Potenzial zurückkehren zu können, das sich einst zwischen den surrealistischen Werken und seinem jugendlichen Betrachter entwickelt hatte.

Ist das Sprechen über Bilder nicht immer auch ein psychoanalytischer Vorgang, der unterschiedliche Erinnerungen an Momente freilegt, in denen ich dieses oder jenes Gemälde zum ersten Mal, dann später wieder und wieder, wenn vielleicht auch nur in Katalogen und auf Reproduktionen, sah? Weshalb betrachte ich ein Bild überhaupt immer wieder aufs Neue? Um mich an die erste Begegnung zu erinnern und diesen Moment mehr oder minder zwangsweise zu wiederholen, weil er einen Überschuss erzeugte, mit dem ich immer noch nicht zurande komme? Ist der Wunsch, mich einmal an etwas »sattsehen zu wollen«, nicht immer auch verzweifelter Versuch, genau das, was mich anzieht, endlich nicht mehr sehen zu wollen, das heißt erinnern zu müssen? Was bedeutete es mir als Fünfzehnjährigem in einem römischen Museum, dessen Name ich nicht einmal mehr kenne und in dem ich seit damals nicht mehr gewesen bin, einige Bilder von Yves Tanguy zu sehen? Was verband ich mit den menschenleeren Landschaften, durchzogen mit geheimnisvoll rundlich abgeschliffenen Formen? Und weshalb muss ich heute, sobald mir Tanguy in den Sinn kommt, daran denken, dass er zum Malen kam, weil er im Schaufenster einer Galerie einen De Chirico entdeckt hatte? Ein Eindruck, der ihn nicht allein dazu brachte, von der fahrenden Straßenbahn zu springen, auf der er sich in diesem Moment befand, sondern sein Leben zu ändern und Maler zu werden? Spürte ich etwas Ähnliches vor den Tanguys in Rom und hatte sich in der Folgezeit, vielleicht, weil sich mein Leben gerade *nicht* grundlegend und radikal zu ändern schien, die De-Chirico-Anekdote, die ich irgendwann später einmal erfahren haben musste, über diese vergessene Erinnerung gelegt, hatte ich sie gedanklich »übermalt« wie Millet den Kindersarg zwischen dem betenden Paar seines Angelus? Und braucht es das intuitive Erkennen, das Maler wie van Gogh und Dalí dazu brachte, das Bild vom Millet »nachmalen« zu müssen, um es sich anzueignen, um noch tiefer einzudringen und in Millets Realismus tatsächlich die Schilderung des Realen zu erkennen, des Gerade-nicht-Darstellbaren? Das, was ich sehe, verweist auch immer auf das Nicht-Gesehene, das Abwesende, jedoch möglicherweise Vorhandene, das, was zwischen mir und dem Bild ungesagt bleibt.

Im Gegensatz zu den Dingen, die ich mir immer wieder, teils bewusst, teils unfreiwillig ins Gedächtnis rufe, existieren eine ganze Reihe Gemälde, Bücher, Filme, mit denen ich mich nie beschäftigt habe, die ich aber dennoch zur Genüge zu kennen meine, aus der einfachen Tatsache heraus, dass sie zum allgemeinen Kulturgut gehören. Dazu zählt die Fernsehserie *Derrick*. Selbstverständlich wusste ich, wer Derrick und sein Kollege Harry waren, und bestimmt hatte ich im Laufe der Jahrzehnte einmal in eine der späteren Folgen hineingeschaut, doch im Gegensatz zu anderen Fernsehserien der 1960er und 1970er Jahre erschien mir diese Krimireihe mit ihren handlungsarmen Abläufen und ausdrucksarmen Darstellungsweisen zu uninteressant, um mich ihr auch nur ansatzweise zu widmen. So hätte ich noch bis vor Kurzem dem Bild zugestimmt, das Umberto Eco von *Derrick* entwirft, wenn er schreibt: »Seine (*Derricks*) Schuldigen sehen so unverschämt schuldig aus, daß sie gewöhnlich sogar von Harry erkannt werden, (...) sie brechen fast sofort zusammen, es scheint, als ob sie geradezu danach lechzten.« Und weiter: »Deswegen ist es von grundlegender Bedeutung, daß weder strahlende Helden noch Erzbösewichter in ihnen (*den Folgen*) auftreten«, oder: »Die Schauplätze dürfen nicht zu leicht wiedererkennbar sein, damit möglichst viele Zuschauer sich darin wie zu Hause fühlen können«, und schließlich: »Derrick findet die Wahrheit am Ende nicht deshalb heraus, weil er so verteufelt intelligent ist, sondern weil er Verständnis für seinen Gesprächspartner hat.«[8] Das mag für einen Großteil der späten Folgen womöglich zutreffen, nicht aber für die ersten zwei, drei Dutzend,[9] die sich nicht allein durch eine sehr individuelle Gestaltung der Handlungsorte auszeichnen, sondern auch durch die Tatsache, dass Derrick der persönlichen Verfasstheit der Täter meist mit Unverständnis begegnet, was zu einer eigenartigen Diskrepanz führt, da er gleichzeitig nicht zu den Kommissaren mit raffinierten und intelligenten Ermittlungsmethoden gehört, was zur Folge hat, dass der Fall und sein Umfeld und weniger die Ermittlungen im Vordergrund stehen.

Die erste Folge von *Derrick* wurde im Herbst 1974 gesendet, über die nächsten 24 Jahre gefolgt von 280 weiteren Episoden. Im Sommer 1974 war ich, wie gesagt, von zu Hause ausgezogen und besaß die nächsten Jahre, als bewusste Entscheidung gegen dieses »kleinbürgerliche Medium«, kein Fernsehgerät, verfolgte diese Serie also nicht, ganz im Gegensatz etwa zum *Kommissar*, den ich, wenn auch aus »schulischen Gründen« nicht immer, doch recht oft im elterlichen Fernsehzimmer gesehen hatte. Die Folge, die ich vor einigen Monaten auf Youtube ansah, weil sie mir angeboten wurde, nachdem ich mir über einige Wochen immer wieder Folgen anderer Fernsehserien der 1960er und 1970er Jahre angesehen hatte, trug den Titel »Nur Aufregungen für Rohn« und wurde am 9. März 1975 als sechster Fall der Reihe *Derrick* zum ersten Mal gesendet. Im Mittelpunkt stehen der Student Harald Rohn (Thomas Fritsch) und der Geldbote Paul Seibach (Helmut Käutner), der als Witwer mit seinen beiden erwachsenen Kindern in dem etwas heruntergekommenen Altbau in München wohnt, in dem auch Rohn – genau einen Stock über ihm – ein Zimmer hat. Obwohl er mit Seibachs bekannt ist und ab und zu als dritter Mann zum Skat zu ihnen geholt wird, plant Rohn einen Überfall auf den Vater, um sich aus seiner finanziellen Misere zu befreien. Selbst am Abend vor dem geplanten Raub folgt Rohn der Einladung von Seibachs Tochter und geht zum Skat nach unten. Als Seibach beim Notieren der Spielergebnisse der Bleistift abbricht, leiht Rohn ihm seinen Kugelschreiber, der eine grüne Mine hat, was Seibach auffällt und mit der Bemerkung kommentiert: »Grün ist die Hoffnung.« Am Abend des nächsten Tages, Seibach holt gerade in einem Supermarkt die Tageseinnahmen ab, entreißt ihm der maskierte Rohn auf dem Hof die Geldtasche und entkommt. Seibach findet allerdings dort, wo der Überfall stattfand, einen Kugelschreiber auf dem Boden – einen Kugelschreiber mit einer grünen Mine. Noch in derselben Nacht sucht er Rohn auf und stellt ihn zur Rede. Rohn gesteht die Tat und bietet Seibach einen Teil des Geldes, schließlich das ganze Geld an. Seibach besteht jedoch darauf, Rohn zur Polizei zu bringen, worauf Rohn Seibach während eines Kampfes erwürgt. Die Leiche bringt er spätnachts nach unten und legt sie in den Hofdurchgang vor die Haustür, wo sie am nächsten Morgen gefunden wird. Derrick (Horst Tappert) und sein Kollege Harry Klein (Fritz Wepper) konzentrieren sich bei ihren Ermittlungen gleich von Anfang an auf Rohn und verfolgen ihn so hartnäckig, dass er schließlich einen Fehler begeht, nämlich versehentlich vor ihren Augen den Schlüssel zu dem Schließfach fallen lässt, in dem er das geraubte Geld versteckt hat, anhand dessen er überführt werden kann.

Ab Minute 4 dieser Folge sieht man zum ersten Mal das Zimmer des Studenten Rohn. Es ist eine etwas schmucklos heruntergekommene und recht zugerümpelte Studentenbude, mit vom Vormieter übernommenem oder vom Flohmarkt organisiertem Schrank, Tisch und Bett und einem aus Brettern und Ytong-Steinen gefertigten Bücherregal. Neben dem Kopfende des Bettes befindet sich jedoch, auffällig zentral in dieser ersten Darstellung des Zimmers platziert, eine ungefähr maßstabsgetreue Reproduktion des Gemäldes *Forum der einwärts gewendeten Optik* von Rudolf Hausner, dessen Original aus dem Jahr 1948 mit den Maßen 64 × 123 cm bereits in den 1960er Jahren vom damaligen Historischen Museum der Stadt Wien, dem heutigen Wien Museum, angekauft wurde. Das Bild zeigt neben verschiedenen geometrischen Figuren in einer Wüstenlandschaft unter anderem im Vordergrund links einen Jungen im Matrosenanzug, der im Begriff ist, einen Ball zu fangen, welcher sich jedoch tatsächlich in einer nach hinten gerückten perspektivischen Ebene befindet, während rechts ein kahlköpfiges hermaphroditisches Wesen zwei Eier auf dem nach oben gestreckten Zeige- und kleinem Finger der rechten Hand balanciert. Dieses Gemälde weckte mein Interesse, nicht nur, weil ich es (wieder)erkannte, sondern weil es eine Störung in meiner Wahrnehmung verursachte, aufgrund derer ich diesen, für mich bis zu diesem Zeitpunkt belanglosen Film nicht wie geplant weiter »nebenbei«, also quasi zur Ablenkung, anschauen konnte. Da sich mir etwas entgegen- und aufgedrängt hatte, das ich weder übersehen noch einordnen konnte, musste ich mein Wahrnehmungsraster ändern, um nach Spuren zu suchen, die diese Störung »entstören«, kurz: einen triftigen Grund für das Vorhandensein des »Hausner« liefern würden. Nachdem ich den Film zu Ende gesehen hatte, stellte sich meine erste Vermutung, das Bild werde noch eine direkte Rolle in der Handlung spielen, zumindest thematisiert werden, als falsch heraus. Nein,

(2) Standbild aus: *Nur Aufregungen für Rohn*, min. 47:56.

dieses Bild war einfach nur da und tauchte, wie auch andere Einrichtungsgegenstände und Möbelstücke, immer wieder auf, wenn Rohns Zimmer gezeigt wurde. Und dennoch unterschied es sich wesentlich von allem, was sich sonst noch in dem Raum befand, denn das alles, selbst das belanglose Poster eines rot eingefärbten Sonnenuntergangs über der Längsseite des Bettes oder das beinahe fragwürdig banale Plakat an der ihm gegenüberliegenden Wand, das ein Paar Turnschuhe zeigte, waren an »ihrem Platz«, das heißt, sie hingen dort, wo man Bilder gemeinhin aufhängt, damit sie sich in den Hintergrund einfügen und Teil der Dekoration werden, vor der sich das Eigentliche abspielt, während das, was sich hinter diesem »Eigentlichen« befindet und es bestenfalls umrahmt, übersehen werden kann – oft sogar notwendigerweise übersehen werden muss. Es war, wie Hausner es selbst in einem Gespräch Anfang der 1960er Jahre auf die Frage formulierte, ob er sich an Kunstwerke aus seiner Kindheit erinnern könne: »Nein. Wir hatten wohl die übliche Madonna über dem Ehebett meiner Eltern – aber sie war so sehr Bestandteil der Einrichtung, daß ich sie nicht wahrnahm.«[10]

Den »Hausner« in Rohns Zimmer hingegen muss man wahrnehmen. Und das nicht allein durch die Tatsache, dass sowohl Derrick als auch Klein später dabei gezeigt werden, wie sie das Bild betrachten, sondern durch seine ungewöhnliche Stellung im

Raum, die kaum anders als bewusst positioniert verstanden werden kann. Nun besteht die Gefahr, dass ein auffällig akzentuierter Gegenstand, der nicht, wie zum Beispiel das von innen beleuchtete Milchglas mit dem Gift in Hitchcocks *Suspicion*, Handlungselement ist, nicht als Fingerzeig der Macher, das sich hier noch eine weitere Ebene verbirgt, verstanden, vielmehr als unbeabsichtigter Fehler interpretiert oder als grotesker Regieeinfall rationalisiert wird, vielleicht noch als augenzwinkernder Beweis einer subversiven Ermächtigung, der es gelang, die nach immer gleichen Vorgaben ablaufenden Skripte mit einem heimlichen Scherz für einen Moment zu durchbrechen.[11] Denn müsste ein tatsächlicher Hinweis nicht gleichzeitig belanglos und dennoch zumindest insoweit hervorgehoben sein, dass ich mich später daran erinnere, dass da »etwas« war, zu dem ich zurückkehre, in der Hoffnung, dass es sich mir auf den zweiten Blick erschließen möge? Dieser zweite Blick wird mir im Krimi in der Regel abgenommen, indem ich ein Indiz tatsächlich noch ein zweites Mal in einem anderen Kontext vorgeführt bekomme. Im Grunde besteht die Auflösung des Krimis in nichts anderem als einer neuen Kontextualisierung, die mir diesen zweiten Blick erst ermöglicht. Ich begreife nun (vermeintlich richtig), was ich zuvor nicht begreifen konnte, da ich den in einen anderen Kontext eingebundenen Gegenstand, den ich seinerzeit erwartungsgemäß übersah, überhaupt erst jetzt in seiner ganzen Bedeutung zu erfassen in der Lage bin. Spannung wird demnach nicht unbedingt durch zwei unterschiedliche Narrative, sondern durch verschiedene Kontexte erzeugt, die gleichzeitig nebeneinander existieren und von denen jeweils der eine den Hintergrund des anderen bildet, wodurch eine Diskrepanz erzeugt wird, die der Betrachter aufzulösen versucht, indem er die Distanz zum Film aufgibt, in ihn »eintaucht« und von den dort gestellten Fragen vollkommen absorbiert wird. Der Kampf zwischen Ermittler und Beschuldigtem ist somit ein Kampf um Kontextualisierung. Welche Rolle aber kann in diesem Kampf ein solches Bild wie der »Hausner« spielen? Das Bild scheint als eine Art Indiz zu funktionieren, wenn auch unbrauchbares Indiz, das heißt nicht vor Gericht verwertbar, weil hier unzulässigerweise etwas aus einem Bild herausgelesen wird, was schlicht und einfach nicht herausgelesen werden kann, so wie auch Dalí unmöglich den mehrfach übermalten Kindersarg aus Millets *Angelus* hätte herauslesen können.

Tatsächlich leisten Derrick und Klein in dieser Folge kaum Ermittlungsarbeit. Vielmehr bedrängen sie den ihnen sogleich verdächtigen Rohn so lange, bis sich ihr Verdacht erhärtet und Rohn, mürbegemacht, in gewisser Weise aufgibt. Hier wird nicht nach Details geschaut, nicht deduktiv geschlossen, keine Beweiskette aufgebaut, sondern nur beharrlich Druck ausgeübt, ein Druck, der durchaus auch zu einem falschen Geständnis führen könnte. Denn dass sich jemand der Polizei gegenüber unsicher verhält, wäre kaum als Anfangsverdacht zu werten. Was aber ermächtigt die Kommissare zu ihrer Vorgehensweise? Ist es eine Form von »Bauchgefühl«, ein intuitives Erfassen, das die Ermittler mit dem Künstler teilen? Funktioniert der »Hausner« als Verknüpfungspunkt von künstlerischer und detektivischer Forschungsarbeit?

Der ungewöhnliche Platz, an dem sich das Bild befindet, links neben dem Kopfende des Bettes und zwar auf gleicher Höhe mit diesem, macht es schwer, genau auszumachen, wie das Bild dort angebracht ist. Ist es aufgehängt oder steht es vielleicht auf dem Nachttisch? Wenn Rohn im Bett liegt, kann er es nicht sehen, aber womöglich geht es darum auch nicht in erster Linie. Betrachtete ich die Poster mit Bands, die an der Wand meines Jugendzimmers hingen, tatsächlich immer wieder, oder lag die Bedeutung dieser Bilder nicht vielmehr in der Symbolisierung einer Anwesenheit? Es waren keine »Bilder« der Beatles, die dort hingen, auch kein Zeichen, wie das von Kilroy, das wir Kinder übernahmen und weiter in unserer eingeschränkten Welt von Schultoiletten und Unterführungen verbreiteten, letztlich in der Erkenntnis, dass sich eine Abwesenheit leichter simulieren lässt als eine Anwesenheit, vielmehr wurden die billigen Drucke aus der *Bravo* oder *Popfoto* an der Wand meines Zimmers zum Acheiropoieton, dem nicht von menschlicher Hand geschaffenen, sondern von Gott gegebenen Bild, das weniger etwas abbildet als vielmehr einen Seinszustand dokumentiert, in diesem Fall die leibliche Anwesenheit der Beatles. Die Poster erfüllten damit dieselbe Funktion wie die Madonna über dem Ehebett von Hausners Eltern, sie boten Schutz und zeigten, dass hier eins ihrer Kinder, genannt Fan, hauste. Wichtig bei Rohns »Hausner« war aber nicht allein die ungewöhnliche Position im Raum, sondern auch der Umstand, dass dieses Bild nicht gerahmt war. Die fehlende Rahmung ließ es, ohne dass es je in ihm verschwinden könnte, noch stärker ununterscheidbares Element des unruhigen Hintergrundes werden, sodass das über seiner linken Seite teilweise unzureichend mit Farbe übermalte Tapetenstück den Kunstgedanken des Gemäldes übernimmt und gleichermaßen auf sich überträgt. Und auch der Vorhang des Zimmerfensters, der den linken Rand des Bildes etwas überdeckt,[12] verweist auf die Möglichkeit, dass sich hinter der scheinbar wahllosen Ansammlung von Bildern und Dingen jederzeit ein neuer Raum auftun kann.

Da bei jeder investigativen Arbeit, gerade zu Beginn, jedes mögliche Indiz mit gleicher Intensität untersucht und auf seinen möglichen Inhalt abgeklopft werden muss, beschäftigte ich mich eine Weile mit der Frage des Rahmens. War es denn lediglich ein Reflex gegen die »gerahmte Kunst« des bürgerlichen Heims, die mich mit Reißzwecken Poster und Zeitungsausschnitte an die Wände heften ließ, oder fand sich im Poster, dem Plakat, die Affirmation einer Reproduzierbarkeit – auch und gerade von Kunst? Eröffnete sich hier die Möglichkeit einer subversiven Aneignung, indem man die Bilder aus ihren – immer gleichzeitig auch interpretatorischen – Rahmen befreite, sie aus den Museen in die Wohnzimmer holte, so wie es Ulay in einer einzigartigen Aktion am 12. Dezember 1976 tat, als er Spitzwegs *Der arme Poet* aus der Neuen Nationalgalerie entwendete, um das Gemälde in Kreuzberg in das Zimmer einer türkischen »Gastarbeiterfamilie« zu hängen? Aber war dem Rahmen zu entkommen oder wurden die Bilder im Vorgang des Sehens bereits eingefasst, bekam der »Hausner« seinen Rahmen durch das Szenenbild des Films und dieses wiederum durch die Rahmung des Fernsehapparates beziehungsweise des Computerbildschirms, auf dem der Film vielfach gerahmt und umrahmt von Informations- und Werbebannern auf der jeweiligen Plattform präsentiert wird?

»Immer seit Cézanne hat jeder der gemalt hat gewünscht ein Gefühl von Bewegung innerhalb des Bildes zu haben nicht ein Bild von einem sich bewegenden Ding sondern das gemalte Ding sollte in sich das Vorhandensein der Bewegung haben. Jeder seit Cézanne hat sich daran versucht. Das macht die Matisse-Schule so ungestüm und dann führt das Ungestüm wie es Ungestüm eben tut zu nichts, wie Schlagzeilen, die gar keine Schlager sind, sie sind nur Ersatz für etwas anderes, aber sie machen nichts selbst, dann gab es die Kubisten, die Kubisten entschieden sich für das Mittel der Komposition, das heißt mittels Zerstörung der Zentralisation wollten sie erreichen die Bewegung existent zu machen, dann gab es die Surrealisten die glaubten sie könnten es mittels Erfindung schaffen, und dann gab es die russische Schule die es durch einen mit Nichts erfüllten Raum machen wollte.«[13] Das Gefühl von Bewegung im Bild ist eine Beschreibung, die sich unmittelbar auf Hausners *Forum der einwärts gewendeten Optik* anwenden ließe, denn hier scheint sich gleich einiges und das auf verschiedenen Ebenen zu bewegen. Oder bewegt sich hier ganz im Gegenteil gerade nichts, ist alles im Moment eingefroren wie nach Dornröschens Nadelstich? Wenn ich einmal die von Gertrude Stein genannten Elemente auf Hausners Gemälde zu übertragen versuche, dann gibt es auch hier durchaus eine Komposition, die das Zentrum zerstört, zudem eine »Erfindung« und den mit Nichts gefüllten Raum, und doch gleichzeitig von alledem nichts. Einige Zeilen weiter kommt Gertrude Stein auch auf die Funktion des Rahmens zu sprechen: »ich hoffe immer noch zu erleben daß das Bild in sich selbst lebendig ist, in dem Sinne daß es nicht in seinem Rahmen lebt, Bilder sind in Rahmen gefangen gewesen, ganz natürlich und jetzt da das ganze Volk da alle Völker danach verlangen in Organisationen gefangen zu sein ist es ganz natürlich daß Bilder versuchen dem Gefängnis diesem Rahmengefängnis zu entfliehen. Jahrelang habe ich alle Bilder aus ihren

Rahmen genommen, ich lasse sie nie darin, und jetzt da ich sie seit so vielen Jahren rausgelassen habe wollen sie auf einmal selbst heraus, das ist sehr interessant.«[14] Unwillkürlich erscheint mir Gertrude Steins Haltung dem Rahmen gegenüber einem radikal antipsychiatrischen Gestus verwandt. Ist der Rahmen für die Malerei womöglich das, was die Mauern der Irrenanstalten in unserer realen Welt sind? Kann sich der Wahnsinn nur dort entfalten, nur dort zu sich selbst finden, wo er nicht länger eingefriedet ist, sondern sich als unfassbar erweist, was auch gleichzeitig immer heißt: undefinierbar? Sind Derrick und Klein angetreten, Rohns aus den Fugen geratenes Leben mit Gefängnismauern zu »rahmen«?

In einem früheren Text beschreibt Gertrude Stein eine andere, fast gegensätzliche Perspektive des Rahmens. »Es war Alfy Maurer, ein alter Hausfreund. Er hatte schon bei ihnen verkehrt, ehe sie die Gemälde hatten, als nur japanische Holzschnitte da waren, und er gehörte zu denen, die ein Streichholz anzündeten, um eine Ecke des Cézanne-Porträts zu beleuchten. Natürlich sieht man, daß das Bild fertig ist, pflegte er den anderen amerikanischen Malern zu erklären, die herkamen und unsicher dreinschauten, man sieht es daran, daß es eingerahmt ist, denn kein Mensch würde auf die Idee kommen und eine Leinwand einrahmen, wenn das Bild noch nicht fertig ist.«[15] Duchamp würde den letzten Satz umkehren und sagen: Das Bild ist fertig, wenn ich es rahme.

Und auch wenn der leere Rahmen als Kunstwerk erst zur Moderne gehört, gab es bereits seit Jahrhunderten den scheinbar um ein Motiv gemalten, tatsächlich aber zum Bild gehörenden Rahmen sowie den als leer dargestellten Rahmen als Bildinhalt, etwa in bestimmten Trompe-l'œils[16]. Und natürlich spielt Gertrude Stein bewusst die Naive, um das konventionelle Kunstverständnis zu ironisieren. Ist es aber nicht eine interessante Technik, nur einzelne Ausschnitte eines Werkes zu beleuchten, beinahe wie eine Probe aufs Exempel, so wie manche Künstler ihr Werk im Spiegel betrachten, um letzte Mängel zu entdecken? Der Bildtheoretiker Hans Belting stellt fest, dass die Kubisten das klassische Repräsentationssystem aufgaben und sich vom Gefühl des betrachtenden Subjekts lösten. »In Picassos berühmtem ›Stilleben mit Korbgeflecht‹ von 1912 reduziert sich das *tableau* scheinbar auf einen Tisch (*table*). Damit demonstriert es, statt die alte Illusion des Blicks aufrechtzuerhalten, die nackte Realität des Bildes, die darin bestand, nichts als ein bemaltes Brett oder eine Leinwand zu sein.«[17] Dies wiederum auf die Position des »Hausner« in der Dekoration, ebenfalls ein *tableau*, von Rohns Zimmer angewandt, unterstützte eine Interpretation, in der gerade durch die Künstlichkeit des Bildes die Dekoration wieder zu einer solchen gemacht und damit von der Bürde befreit würde, weiter Realität vorspiegeln zu müssen, worauf sie, erst einmal zur künstlichen Staffage erklärt, ihre symbolische Kraft entfalten könnte. Damit würde nicht allein der Bildinhalt des »Hausner« die symbolische Ebene vertreten, sondern zusätzlich auf den Symbolgehalt des ihn als gleichermaßen künstlich umgebenden Kontextes verweisen. Derrick und Klein könnten durch Betrachtung des Bildes die Realität »durchschauen«, und ihr in dieser Realität ansonsten fragwürdiges Handeln wäre als symbolische Handlung gerechtfertigt. Mit ihnen zusammen könnte ich in eine Zwischenwelt eintauchen, die sich immer auf dem Grat einer beinahe in Realität abgleitenden Imagination bewegt, in der der Geldbote Seibach pünktlich zum damals durch das »Gesetz über den Ladenschluss« vom 28. November 1956 geregelten Geschäftsende um 18 Uhr 30 die Geldpatronen abholt, der Supermarkt aber immer noch gut mit Kunden gefüllt ist, ebenso das Wartezimmer der Arztpraxis, von dem aus man den Tatort übersieht. Ich könnte mich in der beiläufigen Geste verlieren, mit der ein Kommilitone[18] Rohns in einem Café die benutzte Gabel eines gerade gegangenen Gastes am Tischtuch abwischt, bevor er dessen stehengelassenen Kuchen fertig isst, oder dem Gefühl nachgehen, das die Stofftücher in mir auslösen, die sowohl in Rohns als auch in Seibachs Wohnung an der Innenseite der Wohnungstür vor dem Briefkastenschlitz hängen, weil sie auf eine Zeit verweisen, in der die Hausgemeinschaft noch homogen war, so wie im Mietshaus meiner Großtanten, wo hinter den Glasscheiben sämtlicher Wohnungstüren die gleichen gerafften Stores angebracht waren und vor den Fenstern die gleichen Gardinen hingen. Die Entfernung von beinahe einem halben Jahrhundert könnte sich auflösen und Damaliges mit Heutigem verschmelzen, gerade weil es das alles längst nicht mehr gibt, es also im Vergehen als reines Erinnerungsbild dem künstlerisch Geschaffenen immer ähnlicher wurde. Dass ich mir eine solche Möglichkeit an dieser Stelle wie für einen Matrix-Film *avant la lettre* lediglich herbeiphantasiere, die Intention hinter dem Einsatz des »Hausner« vielleicht unbewusst in die von mir imaginierte Richtung gehen mag, tatsächlich jedoch eine andere ist, möchte ich an dieser Stelle nicht verschweigen.

Die Ausgabe des Bandes *Malerei des Phantastischen Realismus – Die Wiener Schule*, die vor mir auf meinem Schreibtisch liegt und in der ich zum ersten Mal eine Reproduktion des Gemäldes *Forum der einwärts gewendeten Optik* sah, stammt aus dem Jahr 1972. Sie ist die zweite, unveränderte Auflage des 1964 zum ersten Mal in Wien erschienenen Buches, das ich mir im Erscheinungsjahr gekauft hatte. Seit Ende der sechziger Jahre gab ich mein ganzes Taschengeld für Kunstbände aus, das heißt, ich musste meine monatlichen Zuwendungen sparen, um mir von Zeit zu Zeit eines der Bücher leisten zu können, die ich im Schaufenster der mit Kunst gut bestückten Buchhandlung Vaternahm in Wiesbaden entdeckte. Damals wollte ich selbst Maler werden und bestaunte das Können von Dalí, Magritte, Delvaux, Ernst oder eben auch

Fuchs und Hausner. Dass nicht nur in meinem sechzehnjährigen Kopf die Epochen durcheinanderwirbelten und mir diese doch oft mehrere Jahrzehnte alte Kunst neu und aktuell erschien, zeigt ein weiterer schmaler Band aus dem Jahr 1972 mit dem Titel *Surrealistische Malerei*, auf dem Titelbild jener *Christus des heiligen Johannes vom Kreuz*, der auch als Reproduktion in meinem Zimmer hing, daneben eine Liste von Malern, von Bosch über Ernst und Magritte bis Oelze und Fuchs.

Am Anfang des Buches findet sich sogleich eine etwas apologetische Definition des Begriffs »Surrealismus«. »›Surrealistische Malerei‹ haben wir unseren Band betitelt, wobei einzuräumen ist, daß mit den Begriffen ›Surrealismus‹ oder ›surrealistisch‹ so viel Schindluder getrieben wurde, daß zuerst einmal geklärt werden muß, was sie eigentlich bedeuten. Sehr oft wird das Wort einfach auch nur für ein bizarres, phantastisches, ungewöhnliches Bild verwendet, ohne daß dieses auch nur das geringste mit dem ursprünglichen Begriffsgehalt zu tun hätte.«[19] Mit diesem »Schindluder«[20], vor dem auch der Umschlag nicht gefeit ist, wird in der Folge einerseits mithilfe einer kunstgeschichtlichen Einordnung aufgeräumt, um den Surrealismus andererseits historisch in die Vergangenheit bis zu Bosch, Blake und Böcklin und in die Zukunft bis zu Bacon und der Wiener Schule auszudehnen. Zu Letzterer heißt es: »In Wien hatte sich um Albert Paris Gütersloh eine

Gruppe junger Maler geschart, die nach dem Kriege, lange Zeit im Verborgenen, die Tradition der Surrealisten wieder aufnahm, die Wiener Schule: Brauer, Fuchs, Hausner, Lehmden, Hutter – eine Gruppe von Malern, die in ihrem Schaffen deutliche Entsprechungen zu dem der Surrealisten aufweist.«[21]

Von Albert Paris Gütersloh stehen in meiner Bibliothek der Roman *Sonne und Mond* aus dem Jahr 1962 sowie zweimal *Der innere Erdteil – Das Wörterbuch zu Sonne und Mond*, einmal in Auszügen als dtv-Ausgabe aus dem Jahr 1970 und einmal komplett zu Güterslohs hundertstem Geburtstag aus dem Jahr 1987, herausgegeben von Irmgard Hutter, die mit Gütersloh durch den außerehelichen Sohn Wolfgang verbunden war. Ich hatte mir Güterslohs Roman gekauft, weil Helmut Heißenbüttel ihn mit einem Vorwort einleitete, das mit dem Satz endet: »Es (*dieses Buch*) kann nicht beschrieben, es muß im Lesen, wie eine reale Erfahrung, bewältigt werden.«[22] Ich habe diese Erfahrung nicht bewältigt und hätte auf Befragen behauptet, nie über die ersten Zeilen dieses in einem schwülstigen Barockstil verfassten Romans hinausgekommen zu sein, musste aber feststellen, dass ich wohl irgendwann einmal versucht hatte, meinen Widerwillen zu überwinden, denn auf den ersten 30 Seiten finden sich verstreut angestrichene Stellen. Das Bild auf dem Umschlag meiner Ausgabe von *Sonne und Mond* hat die Anmutung eines dilettantischen Surrealismus-Verschnitts. Man sieht ein ungelenk gemaltes Männerprofil, das auf eine große Uhr blickt, aus der römische Ziffern herausfallen, weil eine Faust darauf schlägt. Es handelt sich um einen Ausschnitt aus dem Aquarell *Bildnis des Malers Obdeturkis (Mene Tekel)* von Gütersloh. Auch auf dem *Wörterbuch* ist ein Gemälde von der Hand des Autors zu sehen, es zeigt drei Frauen in unterschiedlichsten Lebensphasen und hat die Anmutung von Anthroposophen-Kunst[23]. 1984 unterstreicht Heißenbüttel noch einmal seine Aufforderung, Gütersloh zu lesen, ein Umstand, der mein Unverständnis, was er wohl in ihm gesehen haben mochte, keineswegs beseitigt, sondern verstärkt.

Um diesen Albert Paris Gütersloh, der in einer sich selbst verrätselnden Sprache, die nie den hohen Ton der priesterlichen Anrufung hinter sich lässt, ausufernde Texte verfasste, »scharten« sich also im Wien der Nachkriegsjahre eine Reihe junge Künstler, von denen er einen sogar selbst gezeugt hatte, und zeigten ihre Werke in dem von Gütersloh, damals Professor der Meisterklasse für Malerei an der Wiener Akademie der bildenden Künste, gegründeten Art Club. So ist es auch nicht weiter verwunderlich, dass Gütersloh für die erste Monographie der Wiener Schule im Jahr 1962 einen Einleitungstext verfasste. Über Rudolf Hausner ist darin Folgendes zu lesen: »Rudolf Hausner, der die Akademie der bildenden Künste schon vor dem Erscheinen des unhörbar sprechenden Lehrers (*Gütersloh meint damit sich selbst*) absolviert hat, ist der Tragöde dieser phantastische Realisten geheißenen Truppe, die dem Hutter das heitere Fach zuteilt, dem Fuchs das ernste und Lehmden beauftragt, den Wegweiser zu den zweien darzustellen. Ähnlich dem Prometheus, der wegen seiner Verdienste um die Menschheit, und gerade deswegen, von den empörten Göttern mit Fesselung an einen kaukasischen Berggipfel bestraft wird, bleibt Hausner lebenslänglich mit der eigenen Person verkettet. (...) Ob dichterische Worte ins Ohr oder dichterische Farben ins Auge dringen, sind für Hörer und Betrachter einander nicht widersprechende Phänomene. Die zu erwartende Hauptsache wird, auf griechisch, Katharsis genannt. Weil aber die verfaßten Theaterstücke gegenwärtig der erhofften Erwartung nicht oder kaum genügen, verbleibt als alleiniger Ort, Reinigung des Innersten zu vermitteln, das Bild.«[24]

Dieser Text von Gütersloh wäre nicht in dem Sinne als »schlecht« zu bezeichnen, dass er sich nicht zu artikulieren verstünde oder unschlüssig in dem wäre, was er ausdrücken möchte. Auf den ersten Blick scheint er nicht richtig fokussiert, also etwas unscharf, was die Verknüpfungen und dementsprechend auch die Schlussfolgerungen angeht, der entscheidende Mangel liegt für mich jedoch vor allem in der Tatsache, dass stillschweigend eine gewisse Gedankenwelt als allgemein gültig vorausgesetzt wird. Ich meine damit nicht die Welt der Antike, die für Gütersloh als Folie dient, vor der er seine Vergleiche entwirft, sondern die von ihm grundsätzlich gestellte Frage nach der Bedeutung von Kunst, gleichgültig ob Schauspiel oder Malerei, und die sich daraus unmittelbar ergebende Verbindung zu Produzenten und Rezipienten dieser Kunst. Lässt sich eine durch Kunst evozierte Katharsis tatsächlich »erwarten«, wie Gütersloh schreibt, oder liegt nicht eine der Aufgaben von Kunst gerade darin, immer wieder Wege zu finden, selbst im vorgegebenen Rahmen der Kunstrezeption wie dem Museum oder dem Theater, diese Katharsis durch einen unerwarteten »Auftritt« zu ermöglichen? Muss sich die Kunsttheorie, obwohl sie eine Vermittlerrolle innehat, nicht den Vorwurf gefallen lassen, dass sie gerade in Form ihrer Erklärungen ein retardierendes Moment schafft, das diese beschriebene Katharsis womöglich verhindert? Theorie mag einen Anstoß geben, auch ein Grundverständnis herstellen, aber es gibt keinen beschilderten Weg zur kathartischen Erweckung, die allein in der direkten Konfrontation mit dem Kunstwerk erfolgen kann.

Albert Lewin gelang in seinem Film *The Private Affairs of Bel Ami* aus dem Jahr 1947 ein solch kathartischer Effekt. Der Schwarz-Weiß-Film spielt im ausgehenden 19. Jahrhundert und adaptiert den 1885 von Guy de Maupassant veröffentlichten Roman *Bel-Ami*, der die vor allem auf Beziehungen beruhende Karriere des früheren Unteroffiziers Georges Duroy beschreibt und durch Dekors und Kostüme eine authentische Wiedergabe der Belle Époque anzustreben versucht. In einer in vielerlei Hinsicht entscheidenden Szene im letzten Viertel des Films besucht Bel-Ami zusammen mit seiner Frau Madeleine eine Festivität in einem vornehmen Haus, deren Anlass die Präsentation eines neuerworbenen Gemäldes ist. Man sieht den entsprechenden Raum, in dem sich verschiedene Gäste befinden, die in die Betrachtung des Bildes vertieft sind, das die Kamera nur schräg von hinten zeigt, also nicht sichtbar für den Kinobesucher. Bel-Ami wird an das Gemälde herangeführt, die Kamera übernimmt scheinbar seine Sicht und zeigt für 10 Sekunden ein formatfüllendes Bild: *Die Versuchung des Heiligen Antonius*. Danach nimmt die Kamera wieder ihre vorherige Position ein, und man sieht Bel-Ami immer noch im Anblick des Gemäldes ein einziges Wort ausstoßen: »Yes«.

Dieses »Yes« ist Ausdruck völliger Hingabe an das Erfasst-Werden durch Kunst. Es ist dieses »Yes«, das als letztes Wort, ausgesprochen von Molly Bloom, am Ende von *Ulysses* auftaucht, und auch das »Yes«, das John Lennon am 7. November 1966 an der Zimmerdecke der Indica-Galerie entdeckte, in der Yoko Ono ihre Arbeiten unter dem Titel *Unfinished Paintings and Objects* ausstellte. Um die winzig kleine Schrift zu entziffern, die er dort oben entdeckte, musste Lennon eine Leiter besteigen und eine Lupe benutzen. Hier war es der erschwerte Weg hin zum Werk, der die eigene Vorstellungswelt mobilisierte, die sich in dem einen Wort gleichzeitig enttäuscht wie erfüllt. Nicht nur eine Pointe, sondern ein Witz, dessen Freud'sche Definition ja bekanntlich lautet: »Die Auflösung einer Erwartung in nichts«, ein Witz, der unter Umständen in seiner »Nichtung« eine ganze Existenz über den Haufen werfen kann, so wie es bei Lennon geschah, der sich in diesem Moment in Ono verliebte und dem bewusst war, dass seine Reaktion eine gänzlich andere gewesen wäre, hätte dort »No« gestanden.

Auch Lewin bereitet die Filmzuschauer auf ein Ereignis vor: Die Gäste der förmlichen Soirée haben sich in Schale geworfen, sie werden wie Bel-Ami in den Raum mit dem Gemälde geführt, sodass sich langsam eine Erwartung aufbauen kann, die sich in verschiedene Richtungen zu orientieren versucht, da der Film den Betrachter ohnehin bereits über ein halbes Jahrhundert zurück in eine andere Zeit versetzt. Was für ein Bild, so die Frage, kann ich an dieser Stelle überhaupt erwarten? Passend von der Epoche wäre zum Beispiel ein Millet, der eine Irritation auslösen könnte, weil ein Bauernpaar beim Gebet auf einem Kartoffelacker der vornehmen Welt des Adels gegenübergestellt würde, in der ein solcher Anblick von Frömmigkeit dieser *cœurs simples* wohl kaum etwas anderes als eine Mischung aus Amüsement und Zynismus hervorrufen dürfte, um die eigene Unfähigkeit, sich von Kunst erfassen zu lassen, hinter einer beständigen Suche nach neuen Reizen zu verbergen, so wie es Proust am Beispiel von Madame de Cambremer beschreibt: »Ganz verliebt in moderne Kunst, fand sie keinen Gegenstand bescheiden genug, um als Vorwurf für den Maler oder Romanschriftsteller zu dienen. Ein Damenporträt oder ein Gesellschaftsroman hätten ihr Übelkeit verursacht; ein Tolstoischer Muschik oder ein Bauer Millets bildeten für sie die äußerste soziale Grenzlinie, bis zu der ein Künstler gehen durfte. Die aber zu überschreiten, von welchen ihre eigenen Bekanntschaften limitiert wurden, sich bis zum Umgang mit Herzoginnen emporzuschwingen, war für sie das Ziel aller Bemühungen, so unwirksam blieb das geistige Training, dem sie sich mithilfe des Studiums von Meisterwerken unterzog, gegen den eingeborenen, krankhaften Snobismus, der sich bei ihr entwickelte.«[25] Da Bel-Ami umgekehrt die soziale Linie bereits überschritten hatte, könnte er der Kunst offen, zumindest unvorbereitet gegenübertreten und von dem unauflösbaren Widerspruch erfasst werden, der ihn an seine Herkunft erinnert, sodass er den Aufruf des archaischen Torsos Apollos vernimmt: »Du musst dein Leben ändern!«, und entsprechend handelt. Der Regisseur Lewin aber entschied sich für einen anderen »Schock« und das gleich in mehrfacher Hinsicht, da er sowohl die Vereinbarung des Films, nämlich Ende des 19. Jahrhunderts zu spielen,[26] als auch dessen formale Umsetzung durchbricht. Das Bild, das gezeigt wird, ist zwar durch seinen Titel, *Die Versuchung des Heiligen Anto-*

nius, der dem aufmerksamen Betrachter bereits im Vorspann genannt wurde, in der christlichen Malerei vergangener Jahrhunderte verortet, zeigt jedoch in einem Insert von 10 Sekunden eine aktuelle Umsetzung des Surrealisten Max Ernst – und das in Farbe. Wie vom Stock eines Zen-Meisters getroffen, werde ich in die Aktualität meiner Gegenwart zurückgeholt, die vor allem deshalb in diesem Moment zu »meiner« wird, weil ich mich nicht länger durch den Film von ihr ablenken kann, obwohl ich doch genau das wollte. Ich bin es, der auf diese »Störung« reagieren muss, denn ich teile nicht länger den Blick Bel-Amis, der unmöglich das sehen kann, was ich sehe. Weil mich aber die Logik des Films in seinen Blick hineingedrängt hat, ich dieses Bild nicht anders als mit ihm zusammen und durch ihn sehen kann, entsteht eine kognitive Dissonanz, die sich in einem Gefühl entlädt, das ich weder mir noch Bel-Ami zuordnen kann. Es ist kein empathisches Mitfühlen, das sich bei mir einstellt, eher ein subjektloses Empfinden, da ich mir nicht sicher sein kann, ob ich es noch selbst bin, der hier fühlt. Ich erlebe eine Form der Katharsis, weil sich das filmische Kunstwerk für einen Moment selbst aufgibt, sich selbst torpediert und ich im Moment nicht anders kann, als diese Störung als solche zu akzeptieren, während ich mich erst später auf eine Meta-Ebene zu flüchten vermag, in der ich die Kategorien meiner Betrachtung wechsle und mein Unverständnis durch eine Beurteilung dieses Unverständnisses ersetze.

Im Frühsommer 1996 sah ich in einem Kino in Rotterdam den damals gerade erschienenen Film *Twelve Monkeys* von Terry Gilliam. Schon weit fortgeschritten in der Erzählung, gerade waren in einer eigenartigen Szene die kalifornischen Redwoods zu sehen, hielt der Film unvermutet an und das Kino versank einen Moment in völliger Dunkelheit, bevor das Licht anging und der Vorführer erschien, um uns mitzuteilen, dass eine der Filmrollen aus Versehen vertauscht worden sei. Wir wurden ins Foyer gebeten, um dort zu warten, ob die richtige Rolle noch gefunden werde, wer allerdings gehen wolle, könne an der Kasse sein Geld erstattet bekommen. Meine Begleitung und ich entschlossen uns zu warten, und tatsächlich wurden wir nach etwa zwanzig Minuten wieder zurück in den Kinosaal gebeten, wo der Film genau mit der Szene in den Redwoods, an der er unterbrochen war, erneut einsetzte und dann ungestört bis zum Ende durchlief. Was war geschehen? Wie wir anschließend auf Nachfrage erfuhren, hatte ein eifriger Mitarbeiter und Filmenthusiast in der Redwood-Szene völlig zu Recht eine Sequenz aus Alfred Hitchcocks *Vertigo* erkannt und seine Entdeckung unmittelbar dem Vorführer mitgeteilt, der in Panik den Film sofort angehalten hatte, anstatt einige Augenblicke abzuwarten, um feststellen zu können, dass die Kamera den Blickwinkel ändert und die Hauptakteure von *Twelve Monkeys*, Cole (Bruce Willis) und Kathryn (Madeleine Stowe), in einem Kino in Philadelphia zu sehen sind, in dem sie gerade einem »24-

hour Hitchcock Marathon« beiwohnen. Hier hatte also jemand den »Bel-Ami-Effekt« nicht ertragen und versucht, sich die »Störung« durch einen technischen Mangel zu erklären und kraft seiner Funktion diese Möglichkeit einer »Katharsis« auch für die übrigen Zuschauer verhindert. Es ist eine der Subtilitäten von *Twelve Monkeys*, das Thema von Wiederholung und Aufhebung der zeitlichen Chronologie auf vielfältige Art und Weise zu behandeln. So kommentiert Cole den Ausschnitt aus *Vertigo* mit den Worten: »It's just like what's happening with us. The movie never changes. It can't change. But every time you see it, it seems different, because you're different«, und wird darauf von einem anderen Zuschauer zur Ruhe ermahnt, eine im Zusammenhang der Rotterdamer Vorführung doppelte Pointe, da hier auch jemand in seiner subjektiven Auffassung dessen, was er auf der Leinwand zu sehen meinte, zur Räson hätte gerufen werden müssen, nicht nur, um eine Fehlentscheidung zu verhindern, sondern bereits aus der Erkenntnis, dass die Kommentierung des Gesehenen das unmittelbare Erleben blockiert und die Möglichkeit zur Katharsis verhindert.

Dem Regisseur Albert Lewin war der Effekt, den dieses Gemälde in seinem Film sowohl bei Bel-Ami als auch bei den Zuschauern auslösen sollte, so wichtig, dass er eine Jury, bestehend aus Marcel Duchamp, Alfred Barr Jr., dem damaligen Leiter des New Yorker MoMa, und Sidney Janis[27] unter elf Einreichungen das für den Film geeignetste Bild zum Thema »Die Versuchung des Heiligen Antonius« auswählen ließ. Hier übernahm die Filmindustrie die Funktion, die früher Kirche oder Staat innehatten, und stimulierte die aktuelle Kunstproduktion. Im Jahr 1945 entstanden folglich elf mehr oder minder bedeutende Werke zu einem Thema, denn unter den Beteiligten waren neben Max Ernst unter anderem Ivan Albright, Leonora Carrington, Salvador Dalí, Paul Delvaux und Dorothea Tanning. Wenn ich mir alle Bearbeitungen des Themas[28] im Vergleich betrachte, kann ich verstehen, weshalb sich die Jury für das Gemälde von Max Ernst entschied. Die eher abstrakte Bearbeitung Max Ernsts, in der der Heilige selbst nicht unmittelbar zu erkennen ist, fördert die kathartische Verunsicherung, weil sie nicht so einfach mit einem rasch zugeschriebenen Bedeutungsgehalt beruhigt werden kann. Ungeeignet scheint in diesem Zusammenhang eine genaue Interpretation des vorgegebenen Stoffes, wie etwa bei der Einreichung Dalís, der in einer Wüstenlandschaft eine Karawane von Elefanten vor dem nackten Heiligen erscheinen lässt, die, angeführt von einem Schimmel, auf ihren Rücken Obelisken, Paläste und nackte Frauen tragen. Das besondere Merkmal der Tiere besteht in dem Umstand, dass ihre Körper in den Wolken schweben, während sie allein durch lange, dünne Spinnenbeine, die diese Körper in Wirklichkeit nie tragen könnten, mit der Erde verbunden sind. Hier war womöglich das Element der Abwehr, das heißt der bereits sich im Vollzug befindlichen Überwindung, für die Aussage des Films zu deutlich, da der Heilige der Prozession das Kreuz entgegenhält, vor dem sich der Schimmel bereits zähnefletschend aufbäumt.

Es ging Lewin ganz bewusst um das Thema der Versuchung, allerdings in möglichst frei interpretierbarer Form, denn im Roman *Bel-Ami* wird an derselben Stelle ein Bild mit dem Titel *Jesus wandelt über das Wasser* gezeigt. Dieses Gemälde befindet sich in einem mit Pflanzen angefüllten Wintergarten. »Die Wirkung war frappierend. Das Bild, dessen Ränder vom beweglichen Grün der Pflanzen verdeckt waren, sah aus wie ein schwarzes Loch auf einem phantastischen, den Blick magisch anziehenden Hintergrund.«[29], heißt es, bevor das Bild selbst detailliert beschrieben wird: die angeschnittene Barke mit den Aposteln im Halbdunkel, Jesus allein auf dem sich unter seinen Füßen glättenden Meer, nur beleuchtet von der Bootslaterne und den Sternen.[30] Mögen andere von diesem Bild ergriffen sein, Bel-Ami bemerkt lediglich: »Es ist schon toll, wenn man sich so ein Stück Nippes in das Haus stellen kann.«[31] Hier gibt es keinen Moment der Irritation, noch nicht einmal das kurze Aufscheinen einer Ergriffenheit. Bel-Ami löst die »Störung«, indem er den gewohnten Blick des mimetischen Neids, der sein gesamtes Leben und Handeln bestimmt, nicht von dem Kunstwerk ablenken lässt, vielmehr durch dieses hindurch auf dessen Besitzer sieht – interessanterweise derselbe Blick, den er gegenüber Frauen anwendet und der vor allem von der Frage getragen wird: »Wem gehört diese Frau, und wie kann ich sie in meinen Besitz bringen?« Und es ist genau dieser Blick, der ihn wenige Augenblicke später dazu verleiten wird, seine Frau für die bessere Partie der Tochter des Gastgebers, Suzanne, zu verlassen. Suzanne ist es auch, die ihn sowohl im Roman als auch im Film zu dem Gemälde führt, und während sie im Film die Erschütterung Bel-Amis durch ein unbedarftes Geplappere unterbricht, innerhalb dessen sie über die Wirkung des Bildes auf ihre Mutter berichtet, »the painting seem to have cast a spell on her«, bietet sie im Roman Bel-Ami ein Glas Champagner an, um später alle Anwesenden auf die Ähnlichkeiten von Bel-Ami zu dem abgebildeten Jesus auf dem dortigen Gemälde hinzuweisen, was Bel-Amis Frau mit der Bemerkung kommentiert, Jesus erscheine ihr männlicher, während der nachhaltige Eindruck, den das Bild auf Suzannes Mutter ausübt, die früher einmal Bel-Amis Geliebte war, durch diese Bemerkung eine neue Nuance erhält. Im Film taucht das Gemälde von Max Ernst, das übrigens wie der »Hausner« bei *Derrick* nicht gerahmt ist, später noch einmal in Schwarz-Weiß und als Teil des Dekors auf. Es befindet sich von einem Gestell mit drei mal vier Glühbirnen umgeben, hat also etwas von einem modernen Schrein, was der Anbetungshaltung von Suzannes Mutter entspricht, die gerade davorsteht und es betrachtet, als Bel-Ami sie aufsucht, um ihr Einverständnis für seine Heirat mit Suzanne zu erbitten. Die Glühbirne kam exakt in dem Jahr, in dem sich die Handlung zutragen soll, 1880, auf den Markt, verweist aber, wie der Max Ernst selbst, in die Zukunft, das heißt in das Jahr 1947.[32]

Gegen Ende des Films, bevor er im Morgengrauen bei einem Duell sterben wird, fährt Bel-Ami noch einmal nachts hinaus in eine Landschaft, die in ihrer bizarr-abstrakten Künstlichkeit der nicht verheimlichten Dekoration der Landschaft auf dem Gemälde von Max Ernst ähnelt. Beinahe als würde er darauf Bezug nehmen, erklärt Bel-Ami: »I think I hate trees. All this vegetation lives by devouring us.« Ist es das, was er in der *Versuchung des Heiligen Antonius* erkannt und mit einem »Yes« affirmiert hatte, der Umstand, dass sich die menschlichen Versuchungen vor einem Hintergrund abspielen, der in einem Prozess ewiger Zersetzung und Erneuerung all den Bemühungen, sich in einer Welt richtig zu verhalten, Hohn spricht? Bezog sich dieses »Yes« bereits auf die Todesahnung, von der er jetzt spricht? Konnte Bel-Ami also doch noch sein Leben insofern »ändern«, als er dessen unvermeidliches Ende akzeptierte? Seine letzten Worte, die gleichzeitig auch die letzten Worte der Filmhandlung sind, lauten: »I could be happy with Clotilde.« Es ist kein Bedauern, denn er sagt nicht: »I could have been happy«, sondern eine Erkenntnis des Gefühls in der Gegenwart, das die vermeintliche Logik der Zeit übersteigt. Der aus dem Off nachgeschobene Satz: »We're all no more than puppets unless we believe«, der mit einem Plakat der Grand Guignol illustriert wird, auf dem eine Kasperlefigur eine andere mit einer Pritsche schlägt, schränkt diese Erkenntnis bedauerlicherweise unmittelbar wieder ein und lässt das gerade (Mit-)Erlebte seine Wirkung nicht über die Filmhandlung hinaus entfalten.

An den Beginn der Moderne zurückzukehren, um die Gegenwart der Moderne stärker wirken zu lassen, ist eine Verfahrensweise der Postmoderne, beschreibt also in gewisser Weise bereits das Ende der Moderne. Die Funktion der Kunst im Film *Bel-Ami* und im Roman könnte unterschiedlicher nicht sein. Auch wenn die Malerei beide Male vordergründig vor allem als Statussymbol in Erscheinung tritt, wird ihr von Maupassant auf den ersten Blick kein Erkenntniswert zugesprochen, der über seine Funktion als dekorativer Wandschmuck und Konversationsgegenstand hinausginge. Das wird im sechsten Kapitel des Romans deutlich, wenn Monsieur Walter »seine«[33] Bilder vorführt und Maupassant auf sehr geschickte Weise diese Sammlung beschreibt. Mit Ausnahme besagten Malers, der den Jesus auf dem See gemalt hat, existieren alle anderen genannten Künstler tatsächlich, allerdings nicht die ihnen zugeschriebenen Werke. Es sind ausschließlich Genre- und Historienmaler der Zeit, denen Maupassant Bilder zuordnet, die sie durchaus gemalt haben könnten und in ihrer Motivik auch gemalt haben. Als Erstes werden drei Landschaften von Guillemet, Harpignies und Guillaumet[34] kurz skizziert, es folgen vier Genrebilder (»la grande peinture«): *Ein Besuch im Hospital* von Gervex, eine *Mäherin* von Bastien-Lepage, eine *Witwe* von Bouguereau und eine *Exekution* von Jean-Paul Laurens[35], der als einziger eine kurze Beschreibung folgt: ein Priester aus der Vendée, der vor seiner Kirche erschossen wird. Darauf führt Walter die »fantaisistes« vor. Als Erstes ein Gemälde von Jean Béraud[36] mit dem Titel *Le Haut et le bas*, eine Pariserin, die in einer Straßenbahn die Treppe zum Oberdeck hinaufsteigt; während die oben sitzenden Männer mit Entzücken das Gesicht erscheinen sehen, betrachten die unten Sitzenden mit Abscheu und Gier die Beine, hier natürlich ein Symbol für den »Emporkömmling« Bel-Ami, der auch etwas von sich preisgeben musste, um nach oben zu gelangen. Ebenso symbolträchtig ist das nächste Gemälde, das, gemalt von Lambert[37], unter dem Titel *Eine Rettung*, eine Katze mit bereits erhobener Tatze vor einem Glas zeigt, in dem gerade eine Fliege ertrinkt. Und auch das Bild von Detaille[38], *Die Lektion*, auf dem ein Soldat zu sehen ist, der einem Pudel beibringt, die Trommel zu schlagen, und das Gemälde *Das Hindernis* von Maurice Leloir[39] lassen sich wie Parabeln auf das Leben Bel-Amis lesen. Bei Letzterem geht es um ein spezielles Interesse der Damen von Rang. Maupassant beschreibt eine Szene, in der eine Sänfte auf der Straße am Weiterkommen behindert wird, weil zwei »Mannsbilder aus dem

Volk« miteinander kämpfen. Das Gesicht der Dame, die aus der Sänfte den Kampf betrachtet, ist dabei durchaus interessiert.

Bei einem Bild, das, wie der »Hausner« in *Derrick*, wenn auch durchaus nicht versteckt, doch nur ausschnitthaft und für wenige Sekunden im Hintergrund zu sehen ist, kann ein Effekt, wie er in dem Film *Bel-Ami* erzielt oder im Roman in fiktionaler Ekphrasis herbeigeschrieben wurde, bestimmt nicht in Anspruch genommen werden. Was genau in diesem Moment zu erkennen ist, wenn man das Bild nicht (wieder)erkennt, mag dahingestellt bleiben, entscheidend wird hier allein der Umstand sein, dass ein solches Bild, mit einem gewissen Durcheinander an Motiven, im Zimmer eines Studenten der Wirtschaftswissenschaft zu finden ist und dass die Ermittler diesem Bild eine gewisse Aufmerksamkeit schenken. Auch bei *Bel-Ami* spielen neben den Gemälden vor allem die Reaktionen derer eine Rolle, die sie betrachten. Der eine mag unberührt bleiben, die andere vor Ehrfurcht davor niederknien. Und dann gibt es schließlich noch als dritte Gruppe diejenigen, die diese Reaktion betrachten. Manchmal tauchen sie in der Erzählung selbst auf, dann betrachte wiederum ich als Vierter die Betrachter der Betrachter, manchmal muss ich selbst diese Rolle übernehmen, so wie bei *Derrick*, weil hier das Betrachten der Betrachter ausdrücklich vermieden wird, da sonst der Anlass für eine Verständigung über das, was man gesehen hat, gegeben und damit das Bild ins Bewusstsein der Filmzuschauer gerückt wäre. Betrachtet Klein das Bild, spricht gleichzeitig Derrick mit Rohn, schaut sich Derrick das Bild an, wird Rohn von Klein befragt. Und auch Rohn selbst scheint die Existenz des Bildes eher übergehen zu wollen, da er die bereits vollzogene Verletzung seiner Intimsphäre damit eingestehen und sich den Ermittlern noch mehr ausliefern würde.[40]

Auch wenn Rohn in einer eigenen kleinen Einzimmerwohnung mit Herd und Spüle in der Diele und einer Toilette mit Dusche lebt, wird von Anfang an der Eindruck erweckt, dass es sich bei dieser Wohnung keineswegs um einen privaten, von der Öffentlichkeit abgetrennten Raum handelt, einen Rückzugsort, in dem sich dessen Bewohner ungestört aufhalten kann. Rohn befindet sich in der ersten Szene, die ihn in seinem Zimmer zeigt, gerade einmal fünf Sekunden zu Hause, bevor es an seiner Wohnungstür schellt. Eine Frau steht vor der Tür, von der sich später herausstellen wird, dass es Seibachs Tochter ist. Sie sieht aus wie eine Anstaltswärterin, mit streng nach hinten gekämmtem Haar, Mittelscheitel, schwarzem Rock, grauem Pullover, darunter eine Bluse mit hochgeschlossenem spitzem Hemdkragen. Die nächste Szene in seinem Zimmer spielt direkt nach dem Überfall, als er das Geld aus den Patronen holt. Nach 15 Sekunden sieht man im Gegenschnitt für eine knappe Minute Seibach nach

Hause kommen und die Treppen zu Rohn emporsteigen. Der hört die Schritte, hält inne, bis es an seiner Tür schellt. Hektisch versteckt er Geld, Patronen und Tasche. Es schellt erneut. Um Zeit zu gewinnen, ruft er in die Diele: »Wer ist denn da?«, und erhält die Antwort: »Ich bin es, Seibach.« Als er öffnet, steht Seibach in ähnlicher Haltung vor der Tür wie am Tag zuvor seine Tochter. Er ist korrekt gekleidet im grauen Dreiteiler mit Krawatte. In der Hand hält er den Schlüssel für seine eigene Wohnung. Er drängt sich an Rohn vorbei ins Innere. Als Rohn nach der Tat schweißgebadet in der Toilette eine Zigarette raucht, schellt es erneut. Da er nicht sofort reagiert, hört man draußen den Sohn von Seibach sagen: »Aber er muss doch hier sein, er hat doch Licht an«, während seine Schwester »Herr Rohn?« ruft. Am nächsten Morgen lässt Rohn die Tür seiner Wohnung angelehnt, um in Strümpfen auf den Speicher zu gehen und dort die leeren Geldpatronen zu verstecken. Die Kamera ist in der Wohnung zurückgeblieben und zeigt die Wohnungstür von innen. Es klopft und die Stimme von Frau Seibach fragt: »Herr Rohn, können wir mal reinkommen?« Dann sagt sie zu jemandem: »Er ist nicht da. Aber die Tür ist doch offen.« Der Angesprochene ist Derrick, der mit der Bemerkung: »Erlauben Sie mal«, die Tür öffnet und eintritt. Er deutet auf das Paar abgetretener Schuhe, das in der Diele liegt: »Weit kann er ja nicht sein, auf Strümpfen.« Derrick und Klein betreten daraufhin das Wohn- und Schlafzimmer. Die Tochter wendet ein: »Ich finde das nicht richtig, dass Sie so einfach da reingehen«, und bekommt von Klein die eigentümlich paradoxe Antwort: »Ich denke, das ist ein guter Freund von Ihnen.« Sie bleibt mit ihrem Bruder in der Tür stehen. Rohn kommt hinter ihnen im Flur die Treppe herunter, kann aber nicht in seine eigene Wohnung, deren Eingang von dem Geschwisterpaar verstellt ist. Als er Geräusche aus dem Inneren hört, muss er sich zwischen beiden hindurchquetschen, eine Szene, die an »Imponderabilia« erinnert, eine der frühen Performances von Abramovic und Ulay aus dem Jahr 1977, als sich beide nackt gegenüber im Rahmen der Tür zur Galleria Communale d'Arte Moderna in Bologna aufstellten und die Besucher keine andere Wahl hatten, als sich einzeln einem direkten Körperkontakt zu dem Künstlerpaar auszusetzen. Bevor Derrick und Klein die Wohnung wieder verlassen, teilen sie Rohn mit, dass er sich zur Verfügung zu halten habe, worauf er fragt: »Muss ich die ganze Zeit in der Wohnung bleiben?« Auch wenn er die Antwort bekommt: »Nein, natürlich nicht«, stehen Derrick und Klein noch immer im Hausflur, als er wenig später die Treppen hinunterkommt, was er verunsichert mit dem Satz kommentiert: »Wie Sie sehen, mache ich von Ihrer Ausgangserlaubnis sofort Gebrauch.« Die nächste Einstellung, die in seiner Wohnung spielt, beginnt mit einem Blick von außen auf den handgeschriebenen Aufkleber »H. Rohn« an Rohns Wohnungstür. Die Tür geht auf, Rohn kommt heraus, Derrick, der sich neben der

Tür aufgestellt hat, obwohl es keinen Türspion gibt, schiebt sich überraschend mit dem Satz: »Wir brauchen Ihre Hilfe, Herr Rohn«, ins Bild. Nachdem er in der Intimität seiner Wohnung beständig gestört und aus ihr herausgeholt wurde, wird Rohn im letzten Viertel der Folge völlig aus ihr verdrängt. Als er das nächste Mal nach Hause kommt und das Treppenhaus betritt, wartet dort bereits Seibachs Tochter auf ihn und bittet ihn in ihre Wohnung, in der Derrick und Klein mit einem Durchsuchungsbeschluss auf ihn warten. Derrick fordert herrisch den Wohnungsschlüssel von Rohn und geht anschließend zusammen mit Klein nach oben. Zuerst bleibt Rohn noch eine Weile in Seibachs Wohnung zurück, so als wolle er gar nicht sehen, was dort oben geschieht, da ihm Klein bereits bei einem früheren Besuch ganz nebenbei erklärt hatte: »Bei einer Untersuchung bleibt hier kein Stein auf dem anderen.« Als er schließlich zögerlich seine Wohnung betritt, wird er von Derrick aufgefordert: »Kommen Sie ruhig herein.« Kaum wieder allein in der durchwühlten Wohnung, horcht er den im Hausflur verklingenden Schritten nach und will gerade mit dem Aufräumen beginnen, als es erneut an seiner Tür schellt. In einer »Ausweitung der Kampfzone« wird Rohn am nächsten Tag von Klein an der Uni abgepasst und mit dem Auto zum Ort des Überfalls gefahren. Die letzte Szene in Rohns Wohnung schließlich wird mit einem Blick auf Rohn am Schreibtisch und einem gleichzeitigen Schellen an der Tür eröffnet. Derrick kommt herein. Es schellt erneut. Diesmal sind es die Geschwister Seibach, die noch einmal ihr Erscheinen bei Rohn kurz nach der Tat nachspielen.

Wenn vielleicht auch kein rechtschaffener, so ist Rohn doch ein gut erzogener Mörder, der immer brav die Tür öffnet, sobald es schellt. Oder hat er gar keine andere Wahl, ist die Klingel nur ein Zeichen, das nun eine Kontrolle durchgeführt wird, da er sich in Wirklichkeit nicht »bei sich«, sondern in einem überwachten Raum befindet, auf den andere jederzeit Zugriff haben, Teil eines Panoptikons der ständigen Überwachung? So ist es geradezu bezeichnend, dass Rohn zu Beginn des Films in einem belebten Café gezeigt wird, in dessen öffentliche Anonymität er sich »zurückgezogen« hat, um seinen Plan für den Überfall auszuarbeiten, den er unmöglich zu Hause zu Papier hätte bringen können. Und letztlich geschieht auch der Mord vor allem deshalb, weil Rohn durch das mechanische Hereinlassen Seibachs in die Wohnung bereits überführt ist. Der grundsätzliche Fehler, den Rohn beging, bestand darin, die eigenen Lebensumstände nicht in seinen Plan miteinzubeziehen. Nicht allein, dass er die wohnliche Nähe zum Opfer seines Überfalls vernachlässigte, vor allem unterschätzte er die Tatsache, keinen wirklichen Rückzugsort zu haben. Selbst wenn der Grund dafür fragwürdig genug und in ihm selbst begründet sein mag, so liegt hier der Kern seiner kindlichen Unreife, die zum einen nicht über das unmittelbare Lebensumfeld hinauszublicken vermag, zum anderen mit der Konzentration auf »die Tat« alles verdrängt, was danach folgen muss und möglicherweise folgen kann. Die Tat, obwohl dem Anschein nach genau geplant, ist damit in Wirklichkeit ein impulsiver Ausbruch, der einer Befreiung von Umständen dienen soll, die zuvor genauer hätten analysiert werden müssen. So führt das impulsive Moment zu Rohns Entdeckung und letztlich zum Mord.

Maximilien Luce stellte 1894 eine Mappe mit Lithographien her, die das Leben der Häftlinge in der Haftanstalt Mazas im Südosten von Paris zeigt. Diese »Maison d'arrêt cellulaire« wurde 1850 seiner Bestimmung übergeben und verwirklichte, wenn auch nicht komplett als »Panopticon« nach den Vorgaben Jeremy Benthams entworfen, doch dessen Grundidee der permanenten Überwachung. Luce schildert eindrucksvoll das stupide Dahinvegetieren in der Zelle: entweder der Gefangene sitzt auf der Pritsche oder an dem kleinen Tisch, oder er lehnt einmal zur Abwechslung an der kahlen Gefängnismauer. Natürlich kann er zu festgelegten Zeiten auf den Hof, um zwischen engen Mauern ein paar Schritte zu tun oder an einem Gitter zu stehen. Hat er Glück, bekommt er als Vergünstigung etwas Papier und eine Feder, um sich die endlosen Stunden etwas zu verkürzen. Auf einer Lithographie ist ein achteckiger Wachturm zu sehen. »Über der rechten Mauerkante zeichnet sich ein Teil der Dachgalerie eines Zellen-

(3) Maximilien Luce, Lithographie aus: Jules Vallès, *Mazas*.

traktes ab. Zo d'Axa spricht hierbei von der ›Zelle im Freien‹, Vallès beobachtet dort die Vernetzung professioneller Verbrecherbanden auch in der Haft. ›Ich habe diese Mauern dort mit Inschriften übersät gesehen, die komisch zu sein schienen, aber, wie ich seither gelernt habe, ihren tieferen Sinn in der Freimaurerei der Gauner besaßen.‹«[41] Liegt nicht ein Nachteil dieser Mitteilungen und Graffiti darin, dass sie, so verschlüsselt sie auch sein mögen, gleichzeitig von den Wärtern wahrgenommen werden können, wodurch zwar nicht ihr genauer Inhalt, so doch zumindest die Absicht, etwas zu kommunizieren offensichtlich wird? Ließe sich der »Hausner« in Rohns Zimmer vielleicht auf ähnliche Weise interpretieren, als eine Mitteilung an sich selbst, eine Erinnerung an das Vorhaben, dem eingesperrten Leben in dieser Zelle zu entkommen? Enden »Verbrecherkarrieren« vielleicht nicht nur in Zellen, sondern nehmen sie von vergleichbaren Orten mangelnder Intimität überhaupt erst ihren Anfang?

Mihály Munkácsy, der Maupasssant als Vorbild diente, erlangte seine Popularität praktisch über Nacht mit dem Gemälde *Der letzte Tag eines Verurteilten* aus dem Jahr 1869, das einen Mann mit Fußfessel in einer Zelle unter Bewachung eines Soldaten an einem Tisch mit weißem Tischtuch sitzend zeigt, wahrscheinlich gedeckt für das noch bevorstehende Henkersmahl, auf dem Boden ein aufgeschlagenes, zerfleddertes Buch. Zehn Jahre später, 1880, griff er dieses Thema noch einmal auf und malte dasselbe Motiv, nur dass diesmal die Zelle mit einem halben Dutzend Kinder, mehreren Frauen und Männern verschiedenen Alters bevölkert ist, die den in sich versunkenen Verurteilten mehr oder minder ratlos umstehen. Munkácsy wurde selbst zu einer Art Bel-Ami, der nach Paris zog und die Witwe des Barons de Marches heiratete. Er teilte mit Nietzsche nicht nur dessen Lebensdaten (1844–1900), sondern auch die Syphiliserkrankung, die ebenfalls in den letzten Lebensjahren zur geistigen Umnachtung führte und auch seine letzten Werke beeinflusste, wie etwa das Bild *Opfer der Blumen* aus dem Jahr 1896, das eine halbnackte Frau, schlafend, vielleicht auch nicht mehr am Leben, in einem Sessel zeigt, der in einem Schwarz versinkt, aus dem von allen Seiten Blumen wuchern. Hier zeigt sich der Wahnsinn allein im Motiv, da die Ausführung weiterhin gekonnt ist. Das heißt, Munkácsy ist immer noch im Besitz seiner malerischen Fähigkeiten, während es allein die »unverständliche« Thematik ist, die ihm, der sich ein Leben lang vor allem nach den Wünschen von Auftrag- oder Ideengebern gerichtet hat, von seiner Krankheit diktiert wird. Während bei Nietzsche zwangsläufig unklar bleiben muss, ab wann genau in seinem Werk der Wahnsinn einsetzt, und darüber hinaus die Frage kaum beantwortet werden kann, ob seine letzten Gedanken deshalb keinen philosophischen Gehalt mehr haben, also nicht mehr ernst genommen werden müssen, weil sein Geist bereits »getrübt« war, scheint dieselbe Frage einem Werk wie *Opfer der Blumen* gegenüber beinahe noch schwerer zu beantworten, da selbst die Eigenwilligkeit des Themas durch eine symbolische Betrachtung oder den Hinweis auf eine thematische Bearbeitung, zum Beispiel eine Variante der Ophelia-Darstellungen, aufgelöst werden könnte.

Eine Ophelia findet sich für den Hamlet Rohn nicht. Überhaupt ist auffällig, dass in dieser *Derrick*-Folge so gut wie keine Frauen vorkommen. Es gibt außer einer Sprechstundenhilfe und der Verkäuferin im Kaufhaus, deren Begegnung mit Rohn beim Taschenkauf so kurz ist, dass sie ihn unter einer Anzahl von Füllpersonen nicht ausfindig machen kann, allein die Tochter Seibachs, ein ältliches »Fräulein«, das mit Bruder und Vater zusammenlebt. Es scheint, als habe sich Rohn die Frage nie gestellt, für wen außer ihm selbst oder für welches andere Leben er diesen Überfall überhaupt begeht. So scheint ein wichtiger Hinweis auf Rohn der Junge im Matrosenanzug am linken unteren Rand des Bildes von Hausner, der seine Hände nach einem roten Ball ausstreckt, den er niemals wird fangen können, weil er zu einer anderen Bildebene von Hausners multiperspektivischem Gemälde gehört. Die beiden Frauen hinter ihm sind torsioniert, fragmentiert und in verschiedene Bewegungsabläufe zersplittert, und die nackte, kahle Frau am rechten Bildrand hat keine weibliche Brust und scheint über folgende Aussage Hausners mit dem

(4) Detail aus: Rudolf Hausner, *Forum der einwärtsgewendeten Optik*.

Jungen im Matrosenanzug zu korrespondieren: »Als Fünfzehnjähriger nahm ich einmal ein Papier zur Hand und versuchte, die mutmaßliche Erscheinung einer nackten Frau zu zeichnen, – ich war da gezwungen, manches zu erfinden, weil mein Anschauungsmaterial noch nicht ganz vollständig war. Aber meine Lösung war probat und hatte viel Wahrscheinlichkeit für sich.«[42] Sind es diese »mutmaßlichen« Frauengestalten, über die Ermittler und Täter, ähnlich wie die Männer bei *Bel-Ami*, deren Blick auf Kunst und Frau sich gleicht, miteinander in Verbindung treten? Geheime – unter Umständen für ihn selbst geheime – Botschaften, die der Zelleninsasse Rohn zusammengetragen hat, weil sie ihm aus irgendeinem Grund gefielen, ohne dabei auf die ihn offensichtlich desavouierenden Details zu achten?

Die Matrosenmütze des Jungen auf dem »Hausner« trägt die Aufschrift »ESPOIR«, denn gerade im Stadium der Mutmaßungen ist noch alles möglich, hat der Realitätssinn die Möglichkeiten der Hoffnung noch nicht eingeschränkt. Auch darum fehlt diese Aufschrift in zwei weiteren Bildern, die den Jungen im Matrosenanzug in derselben, mit beiden Händen in die Luft greifenden Positur zeigen. In *Eva im Labyrinth* von 1973 nähert sich der Junge von der rechten Seite einer monochromen Nackten, bei der in extrem verkürzter Perspektive von unten gesehen vor allem der Schambereich und die stark hervortretenden Brüste betont sind und die einem Druck-

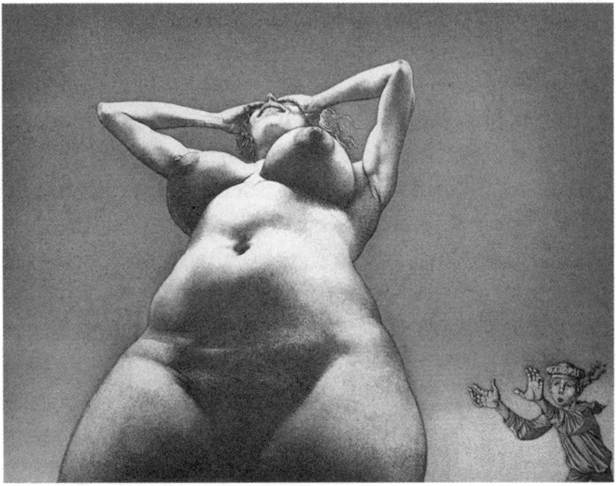

(5) Rudolf Hausner, *Eva im Labyrinth*.

klischee oder einem der Frauenakte ähnelt, wie sie etwa auf Radierungen von Klaus Böttger zu sehen sind, die dieser etwa zur selben Zeit anfertigte. In *Adams Kinderbildnis* von 1978 ist die Frau aus dem labyrinthischen Hintergrund der perspektivischen Gebäudeanlagen von Jan Vredeman de Vries[43] verschwunden und durch eine grün leuchtende Mandorla ersetzt, die den Raum erhellt und in ihrer Mitte ein mit Nägeln durchbohrtes Herz trägt, aus dem Flammen schlagen. Diese Mandorla, die die rechte Hand des Jungen halb überdeckt, ist zum ersten Mal ein Objekt, das wirklich zum Greifen nah ist. Die Übertragung des Realen ins Symbolische scheint vollzogen. Wie es auch im Titel angedeutet wird, wird nicht mehr nach dem unerreichbar Anderen gesucht, vielmehr der Blick auf sich selbst zurückgelenkt.

Auf dem Bild *Die Arche des Odysseus*, das Hausner 1948 als nächstes Gemälde nach dem *Forum der einwärtsgewendeten Optik* begann und über die nächsten acht Jahre immer wieder veränderte, nimmt nun der erwachsene »Adam« das linke Drittel der Komposition ein. Der Matrosenjunge erscheint hier nur noch zusammen mit Vater und Mutter in einem Bilderwürfel, den sich der nackte Adam mit der Linken an die Kehle hält. Einzig zurückgeblieben aus der Kindheit ist die Matrosenmütze auf seinem Kopf, die nun die Aufschrift »Ithaka« trägt, die Heimat, die Odysseus von Beginn seiner Odyssee an zu erreichen sucht und

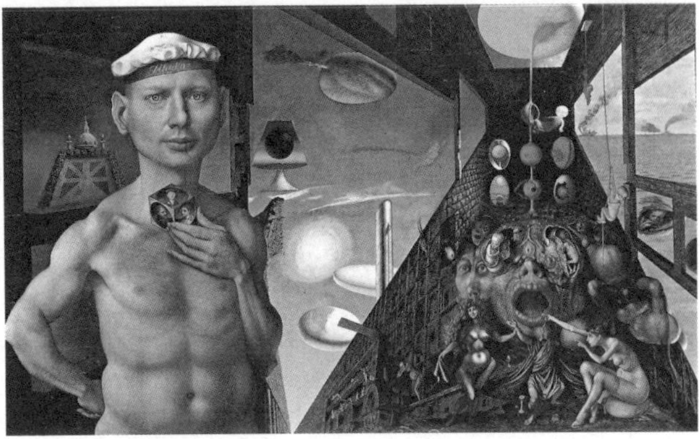

(6) Rudolf Hausner, *Die Arche des Odysseus*.

in die er am Ende zurückkehren wird. In Hausners multiperspektivischem Gemälde wird diese Irrfahrt ins Kosmische erweitert. Die Verbindung zweier Kulturkreise – griechisch und alttestamentarisch – führt bei Hausner zu einer eigenen Ausdeutung, aus der heraus ein beständiger Prozess des Werdens und Vergehens dargestellt wird: ein Schädel gebiert Embryonen, Neugeborene seilen sich an Nabelschnüren ab, die aus Eiern stammen, die das All durchsegeln. Odysseus hat sich vor diesem *tableau* in Positur gestellt, ganz so, als habe er nicht viel mit dem zu tun, was sich da hinter ihm abspielt. Seine Nacktheit, die kurz oberhalb des Schambereichs aufhört, symbolisiert nicht männliche Erotik, sondern kindliche Unschuld, selbst als ausgewachsener Mann kann er den Odysseus nur spielen, bleibt er in der Familienstruktur gefangen, innerhalb derer er auf immer Knabe ist. Und auch wenn eine ganze Reihe von Frauen anwesend sind, so ist keine von ihnen eine Penelope, die treue Gattin des Helden, die nicht nur zwanzig Jahre auf Odysseus wartete, sondern Hunderte von Freiern abwehrte, die um ihre Hand anhielten, indem sie vorgab, zuerst das Leichentuch für ihren Schwiegervater fertigweben zu müssen. So sah man sie tagsüber am Webstuhl, nicht aber in der Nacht, wenn sie das am Tag Genähte wieder auftrennte. Es ist vermutlich diese Penelope, die Hausner mit dem Titel seines einzigen Werkes aus dem Jahr 1952, einem Aquarell, meint, denn er hat das Bild an der linken oberen Ecke mit einer Widmung an seine dritte Ehefrau, Hermine

Jedlicka, versehen, die er im Jahr zuvor geheiratet hatte: »Meine liebe Hermi! Das habe ich aus inniger Liebe zu Dir gemalt. Der Gedanke an Dich ist mein einziger Trost und meine Hoffnung. Wie lange wird diese schreckliche Zeit der Trennung noch dauern. Rudi« Hausner war also als Odysseus von seiner Penelope getrennt, doch wodurch? Nach der Fertigstellung des *Forum der einwärts gewendeten Optik* hatte er im selben Jahr, 1948, mit der *Arche des Odysseus* begonnen, seine Arbeit aber für das Jahr 1952 unterbrechen müssen und erst 1953 fortsetzen können, um das Bild 1956 schließlich fertigzustellen. Diese Daten tauchen unkommentiert in verschiedenen Publikationen auf, verschweigen damit jedoch den Grund für die Unterbrechung.

Der 1909 in Wien geborene und 1983 dort verstorbene Heinz Grill war Historiker, Archivar und nicht zuletzt ein guter Kenner der Werke Karl Mays, die er teilweise in dessen Geist fortsetzte und ergänzte. Grill bekam nach dem Krieg eine Stelle im Wiener Haus-, Hof- und Staatsarchiv und wurde in den nächsten Jahren Staatsarchivar 1. Klasse und schließlich stellvertretender Leiter. Trotz der eindrucksvollen Titel war die Stelle nicht gut dotiert, beziehungsweise lebte Gill weit über seine Verhältnisse. So kam er im Sommer 1948 auf die Idee, goldene und silberne Siegelkapseln und -deckel von Urkunden, teilweise auch Gold- und Silberbullen aus dem Archiv zu entfernen und an Juweliere und Metallhändler zu veräußern. Im Laufe der Jahre kamen von circa 400 gestohlenen Stücken 1 kg Gold und 185 kg Silber zusammen. Elf besonders wertvolle Goldsiegelurkunden hatte er mit nach Hause genommen, um dort die Siegel zu entfernen. Nachdem er die Urkunden zunächst bei sich gelagert hatte, verbrannte er sie 1951 aus Angst vor einer Hausdurchsuchung. Darüber hinaus hatte Grill über 400 Bände aus verschiedenen Bibliotheken zu sich genommen und Bilder herausgeschnitten. Im September 1951 wurde Grill in seinem Büro verhaftet, am 23. Juni 1952 begann die Hauptverhandlung vor dem Landgericht Wien. Am 28. Juni 1952 wurde er zu sieben Jahren »Kerker« verurteilt. Mit ihm angeklagt war »der Kunstmaler Rudolf Hausner«, der Grill mit der »Verhehlung des gestohlenen Edelmetalls geholfen hatte«. Er wurde zu zwei Jahren Gefängnis verurteilt.[44] Da Grill im Dezember 1955 nach zweieinhalb Jahren entlassen wurde, ist davon auszugehen, dass Hausner nicht mehr als ein Jahr inhaftiert gewesen sein dürfte, also von Ende Juni 1952 bis etwa Mitte 1953, als er die Arbeit an der *Arche des Odysseus* wieder aufnahm[45]. Das relativ kleinformatige Aquarell *Penelope* (18,5 × 32,5) dürfte daher aller Wahrscheinlichkeit nach im Gefängnis entstanden sein.

Ungefähr zehn Jahre davor, 1943, hatte Hausner ein Erlebnis, das einen wichtigen Einfluss auf seine Malerei haben würde. Als Soldat wurde er mit einem Sonderkommando in die Hohe Tatra geschickt, um dort eine technische Einrichtung zu warten. Durch einen Schneesturm in einer Blockhütte eingeschlossen, ging er schon bald den mit ihrem Schicksal hadernden Kameraden aus dem Weg und stellte sich mit dem Gesicht dicht an eine der Bretterwände. »Mit einem Mal entdeckte ich in der Maserung des Holzes eine merkwürdige Landschaft, die ich vorher noch nie gesehen hatte. Ich erkannte eine Höhle, die den Durchblick auf eine weite, hügelige Ebene freigab. – In den vier Tagen, die wir in diesem Raum eingeschlossen waren, zog es mich immer wieder zu dieser Stelle. Dabei machte ich die eigenartige Erfahrung, daß dieses bestimmte Brett – ich weiß noch genau, es war das fünfte von unten, ungefähr 1,70 m von der rechten Wand entfernt – zu verschiedenen Zeiten betrachtet, das provozierte Bild langsam änderte. Es entstand eine Wirkung, die ich nur mit einem Kino vergleichen könnte, dessen Film unendlich langsam lief. In der Folge habe ich mich mit nahezu allen anderen Brettern der Hütte in gleicher Weise beschäftigt und erstaunliche Bilder gefunden. Was mich daran aber am meisten fesselte, war der Umstand, daß ich durch diese Bilder den Raum, in dem wir eingesperrt waren, mühelos verlassen konnte.«[46]

Unwillkürlich, vielleicht durch die gleichermaßen leicht exotischen Orte Hohe Tatra und Krim, dieselbe historische Zeit und das militärische Umfeld, drängt sich mir der Vergleich zu Joseph Beuys und seinem Flugzeugabsturz am 16. März 1944 auf, der, natürlich ungleich spektakulärer, zur Grundlage seiner späteren Arbeit wurde. Dass er die Zeit vom 17. März bis zum 7. April 1944 in einem deutschen Lazarett zubrachte und nicht, wie von ihm berichtet, bei Krimtataren, die ihn mit Fett, Filz und Honig gesundpflegten, spielt dabei nur eine untergeordnete Rolle, da er in der Folgezeit tatsächlich durch eine Art schamanische Initiation gehen musste, um sich die halluzinierten Erlebnisse[47] anzueignen und nutzbar zu machen. Dazu gehörten bei Beuys nicht nur zwei Aufenthalte in der Psychiatrie, sondern auch die Aussagen, sich »in Tibet einmauern lassen« zu wollen oder sich in eine von einem Schreiner in Kleve hergestellte und von Beuys mit Teer beschmierte Kiste zu setzen, »um einfach mit dem Leben aufzuhören«.[48] Einmal schloss er sich in der Wohnung eines verreisten Freundes ein, wo man ihn nach Wochen, als man gewaltsam eindrang, im Dunkeln sitzend vorfand: »Er hatte bereits Beinödeme und sagte, er wolle sich auflösen.«[49] Hausner versuchte den »Tatra-Blick« über die letzten Kriegsjahre, in denen er nicht arbeiten konnte, zu bewahren, indem er etwa eine Wehrmachtskarte an die Unterseite des Strohsacks auf dem Etagenbett über ihm befestigte, um vor dem Einschlafen seinen Blick auf die erlernte Weise ins Phantastische schweifen zu lassen. »Als ich nach Kriegsschluß wieder in mein Atelier zurückkam, versuchte ich sofort, die mir seit Malacky vertraut gewordene Methode an den alten, unfertigen Bildern, die ich in meinem Atelier vorfand. Ich brauchte ein Bild nur auf den Kopf zu stellen,[50] um sofort mit dem Tatrablick in den freien Fluß der Assoziationen und Einfälle zu geraten.«[51] Es entstehen nun Bilder wie *Aporisches Ballett* (1946), *Anima* (1947), *Ich bin Es* (1948) und im selben Jahr das *Forum der einwärtsgewendeten Optik*, die eine phantastisch-surrealistische Motivik verfolgen und sich stark von den an Cézanne und Neuer Sachlichkeit orientierten Arbeiten der Vorkriegsjahre unterscheiden. »Die erste Gruppe meiner Bilder von der ›Anima‹ bis zum ›Odysseus‹ befaßt sich ausschließlich mit der Bestandsaufnahme meiner inneren Verhältnisse. (...) Mit Hilfe der ›einwärtsgewendeten Optik‹ begann ich bei mir selbst und bemühte mich um verläßliche Berichterstattung. Die zweite, spätere Gruppe, die Adam-Bilder, zeigt Adam bei dem Versuch mit seiner Umgebung in Beziehung zu treten. Während in der ersten Gruppe die Anima sein innerer weiblicher Gegenspieler ist, tritt nun Eva, und damit die Partnerschaften, in den Vordergrund.«[52] 1948 zerstörte Hausner allerdings auch einige seiner Bilder, deren Formsprache er später wieder aufnehmen sollte. Zu seinem wesentlichen Motiv, dem »Adam«, kommt er aber erst nach dem Gefängnisaufenthalt. Und ließe sich nicht in diesem, perspektivisch immer wieder wie durch ein »Fischauge« verzerrten Gesicht, ein Blick wiederfinden, der durch einen Türspion in eine Zelle geworfen wird, in der der Verurteilte Hausner Haltung angenommen hat?[53]

Von Bildtiteln wie *Adam nach dem Sündenfall* oder *Adam und seine Richter* einmal ganz abgesehen.

Um die Stellung des Surrealismus und Phantastischen Realismus in der Bundesrepublik zu Beginn der 1970er Jahre, als das Gemälde Hausners bei *Derrick* Verwendung fand, noch etwas genauer zu betrachten, möchte ich aus dem Vorwort zur zweiten Auflage des Bandes über die Wiener Schule im Jahr 1972 zitieren: »1965 gelang den fünf Wienern mit einer Wanderausstellung der Durchbruch in Deutschland; (...) im Jahr darauf folgten Los Angeles und New York, 1968 Boston und San Francisco, 1970 Ausstellungen in Turin und Ankara. 1972 schließlich kam es zu jener Wanderausstellung, die in Tokio und drei anderen japanischen Städten Hunderttausende in die Galerien lockte und alle bis dahin errungenen Erfolge in den Schatten stellte. Mit eben dieser Kollektion ziehen die fünf Maler im Spätherbst dieses Jahres in das Museum des 20. Jahrhunderts in Wien ein. Sie gehören – mit Oskar Kokoschka und Friedensreich Hundertwasser – zu den international bekanntesten lebenden österreichischen Künstlern.«[54] Meine – natürlich recht willkürlichen und keineswegs repräsentativen – jugendlichen Erwerbungen aus dieser Zeit zum Thema »Surrealismus« bestätigen ein damals herrschendes Interesse am Phantastischen. 1969: der in Goldfolie eingeschlagene und sündhaft teure Prachtband *Dalí*, 1971: *Psychedelische Kunst* und die Monographie *Magritte*, 1972: *Sur-*

realistische Maler, 1973: Ernst Fuchs: *Architectura Caelestis* und *Zweihundert Jahre phantastische Malerei*, 1974: *Lexikon des Surrealismus*. 1980 schrieb ich dann selbst ein Vorwort zu dem Band *Das Paris der Surrealisten*, das mit den Sätzen schließt: »Zwischen dem ewigen Beton, der nahtlosen Leere und der Kälte in La Défense ein Schaukasten, in dem kommentarlos vergilbte Fotos von Frankfurt, Stuttgart und München hängen. Auch ein Traum? Nein, das ist die Welt, und das ist Paris. Oder sagen wir es so: das Paris der Surrealisten ist eine Leiche, die zu ohrfeigen es sich lohnt.«[55]

Natürlich gab es damals schon längst andere Kunstbewegungen. Auf der documenta V[56], zu der ich in einem Tagesausflug fuhr, waren neben Vertretern des fotografischen Realismus, und den ebenso realistischen Installationen von Kienholz und Hanson, Darboven, Horn, Immendorff, Nauman, Nitsch, Palermo, Rainer, Richter und natürlich mit seinen Installationen und Aktionen Joseph Beuys zu sehen. Aber das war nicht die Kunst, wie sie aktuell in der allgemein kunstinteressierten, das heißt bürgerlichen Gesellschaft wahrgenommen wurde, die dem Kunstbetrieb in der Regel um Jahrzehnte hinterherhinkt und seinerzeit gerade anfing, die durch die Hippie-Bewegung angestoßene Renaissance des Jugendstils mit der Pop-Art zu einem kruden Mix von Mode, Inneneinrichtung und Wandschmuck zu verbinden. 1973, ein Jahr nach der documenta V, fuhr ich mit einem vom Wiesbadener Kunstverein angemieteten Bus nach Baden-Baden, um mir in der Staatlichen Kunsthalle die erste große Sammelausstellung der für Deutschland wieder oder zum Teil erst neu entdeckten Präraffaeliten anzusehen, deren Bilder mich als sentimental veranlagten Jugendlichen damals, so muss ich gestehen, nachhaltiger beeindruckten als das, was ich in Kassel gesehen hatte.

In der dritten Folge der Vorabendserie *Die Kramer* aus dem Jahr 1969 mit dem Titel »Ein Schüler vom Lande« schlendert die Kramer, gespielt von Barbara Rütting, zusammen mit einem Kollegen durch ebendiese Baden-Badener Kunsthalle, um drei Bilder für ein Aufsatzthema auszusuchen. Ohne den Mata oder Bacon im ersten Raum nur eines Blickes zu würdigen, steuern sie gleich auf den Streichholzhändler von Otto Dix zu: »Das wäre doch ein Thema. Der ist so ausdrucksvoll, dazu fällt ihren Mädchen bestimmt etwas ein.« Dabei handelt es sich wohlgemerkt nicht um jenen Streichholzhändler von 1920, der mit amputierten Armen und Beinen und schwarzer Brille, um seine blinden Augen zu verstecken, auf dem Bürgersteig sitzt und gerade von einem Dackel angepinkelt wird, während die Beine von Passanten an ihm vorbeihasten, sondern um das sieben Jahre später gemalte, nicht länger groteske, sondern rührselige Porträt eines Jungen in Brauntönen, der neben einer Säule steht, hinter der er sich kaum hervortraut. Man erkennt im Weitergehen einen Buffet und bleibt schließlich vor genau dem Macke stehen, der auch als Reproduktion im Lehrerzimmer hängt: »Wunderschön!« »August Macke, *Tunesische Landschaft*. 1914 gemalt, aber sehr schwer zu beschreiben.« Gleich neben dem Macke befindet sich ein Nolde. »Er nannte sich nach dem Dorf, in dem er geboren wurde: Nolde in Schleswig«, sagt die Kramer, und ihr Kollege ergänzt: »Ein ganz kleines Nest. Er war der Sohn eines Bauern und sollte wie all seine Vorfahren auch Bauer werden.« Dieser hölzerne Dialog stellt die Verbindung zu dem gerade aktuellen Fall in der Klasse der Kramer dar, ein bislang guter Schüler, der nach dem Tod seines Vaters auf dem elterlichen Bauernhof helfen muss, hat keine Zeit mehr zum Lernen, weshalb seine Leistungen nachlassen. Die Kramer und ihr Kollege bleiben zwischen einem Müller und einem Kirchner stehen, um sich weiter zu unterhalten, gehen dann zu Lederhockern, um sich in der ansonsten menschenleeren Kunsthalle hinzusetzen, die Kramer vor einen Beckmann, ihr Kollege vor einen Marc, Bilder, mit denen sie im Schuss/Gegenschuss abwechselnd zu sehen sind.

Ein ähnlicher Effekt, mit dem Personen mit Bildern in Verbindung gebracht werden, wenn auch nicht im direkten Schuss/Gegenschuss, sondern quasi zeitlich verzögert, wird auch in der *Derrick*-Folge in Verbindung mit dem »Hausner« eingesetzt. Als Seibach zu Rohn kommt, um ihn wegen der Tat zur Rede zu stellen, die Szene, die schließlich mit seiner Ermordung enden wird, lässt er sich schräg gegenüber von dem Bett und dem »Hausner«, mit der rhetorischen Frage, wie Rohn nur auf »diesen entsetzlichen Gedanken«, nämlich ihn zu überfallen, habe kommen können, auf einen Stuhl sinken. Die Kamera folgt seiner Bewegung nach unten, und in diesem Moment taucht hinter ihm ebenfalls die Reproduktion eines Bildes auf, das zuvor nur sehr kurz und zudem halb verdeckt im Schatten zu erahnen war. Dieses Bild hängt wie der »Hausner« in Kopfhöhe des nun Sitzenden, ist gleichermaßen ungerahmt und an einem ungewöhnlichen Ort angebracht, denn es ist an der linken Kassettentür eines alten Holzschranks befestigt, womöglich um einen Riss zu verdecken. Es handelt sich bei diesem Bild um ein Aquarell von Paul Klee, eine *Kampfszene aus der komisch-phantastischen Oper »Der Seefahrer«*: eine in einem Boot stehende Figur kämpft auf hoher See mit einem Speer gegen drei Seeungeheuer. Wenn wir davon ausgehen, dass der »Hausner« etwas über Rohns Geisteszustand aussagt, so lässt sich diese Vermutung nicht auf den »Klee« hinter Seibach übertragen, denn die »Aussage« des »Hausners« über Rohn erhält ihre Gültigkeit allein aus der Tatsache, dass es Rohn selbst war, der dieses Bild in sein Zimmer hängte. Gerade in der Situation, in der er auftaucht, ist der »Klee« jedoch nicht auf Rohn zu beziehen, denn auch wenn dessen Verbrechen gerade entdeckt wurde, so kämpft er nicht tapfer gegen drei Ungeheuer, vielmehr ist es Seibach, der gerade die Fassung gegenüber Unrecht,

(7) Standbild aus: *Nur Aufregungen für Rohn*, min. 15:29.

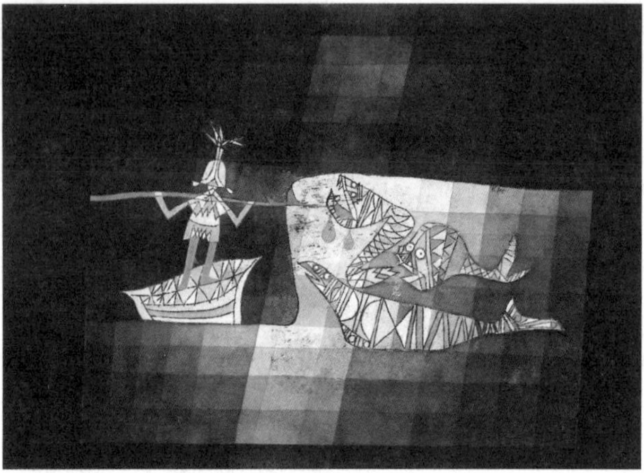

(8) Paul Klee, *Kampfszene aus der komisch-phantastischen Oper »Der Seefahrer«.*

Vertrauensbruch und Enttäuschung wahren muss. Dabei wirkt das Aquarell eher beschwingt und fröhlich, es scheint eine Herausforderung zu sein, die sich in den opernhaften Décors bewältigen lassen wird. Bringt das Bild also die kindliche Naivität von Rohn in Erinnerung, der drohende Gefahren unterschätzt? Ich glaube nicht. Tatsächlich durchbrechen die Produzenten der Folge hier die Logik, die sie bei der Zuordnung des »Hausner« zu Rohn und dessen vermeintlich verwirrten Geisteszustand eingeschlagen haben, und ordnen den »Klee«, obwohl er sich in Rohns Zimmer befindet, Seibach zu. Ihnen scheint die Problematik bewusst gewesen zu sein, denn nun erhält auch das ansonsten belanglose Plakat, das ein Paar Turnschuhe auf schwarzem Hintergrund zeigt, einen Sinn, da es im Bildaufbau der Szene Rohn zugewiesen wird. Was aber hat es mit diesen Schuhen auf sich?

Schuhe spielen in dieser *Derrick*-Folge eine wichtige Rolle. Zum ersten Mal nach dem Mord, als Rohn die Leiche Seibachs im dunklen Treppenhaus nach unten trägt, um sie im Durchgang zum Hof vor der Haustür abzulegen. Kaum unten, stellt er zu seinem Entsetzen fest, dass er den rechten Schuh Seibachs unterwegs verloren haben muss. Er eilt die Treppe hinauf, findet ihn auf einer Stufe, greift ihn und stopft ihn sich unter den Pullover. Als er mit Seibachs Schuh in der linken Hand in sein von Kampfspuren verwüstetes Zimmer, mit der heruntergerissenen Schreibtischlampe und dem Geld verstreut auf dem Boden, zurückkommt, lässt er ihn auf den Boden fallen und wirft sich auf das Bett. Die nächste Szene eröffnet mit einer Großaufnahme von Seibachs Hand, die in einer transparenten Plastikhülle steckt. Die Kamera zoomt zurück und man sieht die Spurensicherung bei der Arbeit an Seibachs Leiche. Es ist der nächste Morgen. Während Derrick und Klein nach oben zu Seibachs gehen, zieht Rohn in seiner mittlerweile wieder aufgeräumten Wohnung seine abgetretenen Halbschuhe aus – es sind nicht die halbhohen schwarzen Stiefel, die er beim Überfall getragen hat – und verlässt die Wohnung, um die Geldtasche Seibachs mit den leeren Geldpatronen auf dem Speicher zu verstecken. Da er die Tür angelehnt lässt, kann Derrick wenig später die Wohnung betreten. Bevor er Rohn selbst das erste Mal zu Gesicht bekommt, sieht er die abgetretenen und schäbigen Schuhe Rohns in der Diele liegen. Als Rohn auf Strümpfen vom Speicher zurückkommt, muss er feststellen, dass Derrick und Klein bereits in seiner Wohnung und dort in seinem Schlaf- und Wohnzimmer sind. Klein ist gerade dabei, den »Hausner« zu betrachten, sodass die Ermittler folglich nicht nur Rohns Schuhe, sondern auch das Bild in Augenschein haben nehmen können, bevor sie Rohn selbst kennenlernen. Während Derrick sich in der Wohnung umsieht, setzt sich Klein zu Rohn auf das Bett. Beim Herausziehen von Zigaretten fällt Klein das Feuerzeug auf den Boden. Die Kamera fährt nach unten und man sieht am linken

Bildrand den makellos geputzten linken Schuh von Klein und am rechten den abgetretenen ungeputzten rechten Schuh von Rohn. Zwischen beiden liegt etwas nach hinten unter das Bett gerückt der Schuh von Seibach. Nachdem Derrick und Klein Rohns Wohnung verlassen haben, bringt Rohn das Geld in einer Plastiktüte aus dem Haus. Man sieht ihn in der Innenstadt von München über ein Wiesenstück gehen. In einem unbeobachteten Moment zieht er Seibachs Schuh aus seinem Hemd hervor und wirft ihn in einen Busch.

In seinem Text »Der Ursprung des Kunstwerks« beschäftigt Martin Heidegger sich unter anderem[57] mit einer Interpretation eines Gemäldes von van Gogh, auf dem ein paar alte Bauernschuhe zu sehen sind. Es geht ihm dabei um die »Dingheit des Dinges«, die erst dann hervorzutreten vermag, wenn das Ding außerhalb seines Gebrauchs (»das dienliche Zeug in seinem Dienst«) wahrgenommen wird. Hier vermittelt sich mithilfe der Kunst eine Form von Wahrheit. »Van Goghs Gemälde ist die Eröffnung dessen, was das Zeug, das Paar Bauernschuhe, in Wahrheit *ist*. Dieses Seiende tritt in die Unverborgenheit seines Seins heraus. (...) Im Werk ist, wenn da eine Eröffnung des Seienden geschieht, in dem was und wie es ist, ein Geschehen der Wahrheit am Werk.«[58] Auch Derrick sucht nach einer »Wahrheit« und er sucht sie durchaus in Form eines *tableaus*. Der Film arbeitet an dieser Stelle mit dem Aufbau von Parallelen, die sich der Dopplung bedienen. So weiß Derrick zwar nicht, dass er sich in Rohns Zimmer am Tatort befindet, doch er findet dort ein Paar »herrenlose« Schuhe vor, die als eindrückliches Bild, tatsächlich im Gehen vor dem Zimmer in der Diele abgestreift, nicht abgestellt, dort »verloren« liegen, so wie kurz zuvor das Fehlen des Schuhs an Seibachs Leiche festgestellt wurde. Beinahe erscheinen sie wie »Wegmarken«, die vor dem Zimmer abgelegt[59] auf das zweifach »Säkular-Sakrale« des Raums dahinter verweisen, einmal dadurch, dass dort ein Mensch sein Leben ausgehaucht hat, und einmal dadurch, dass sich dort ein Kunstwerk (mit einem unterschiedlich interpretierbaren Wahrheitsanspruch) befindet.

Tatsächlich aber ist der Zustand, in den Rohn sich »unbewusst« gebracht hat, einer des Traums, in dem sich ja gerade das Unbewusste vornämlich ausdrückt: Er zieht seine Schuhe in der Wohnung aus, um sie zu verlassen und in Strümpfen auf den staubigen Speicher zu gehen. Es ist eine Verkehrung des gewöhnlichen, des »normalen« Handelns. Baudelaire schildert ausführlich einen Traum, den er in der Nacht auf den 13. März 1856 hatte. Dort sucht er ein Bordell auf, um eines seiner gerade erschienenen Werke abzugeben. Kaum ist er dort eingetreten, bemerkt er als Erstes, dass sein Glied aus dem Hosenschlitz hängt, um mit beinahe noch größerem Schrecken festzustellen, da er eine Nässe an den Füßen fühlt, dass er keine Schuhe trägt und in einer Pfütze steht. Er geht durch

(9) Standbild aus: *Nur Aufregungen für Rohn*, min. 31:49.

weitläufige Gänge und Säle: »Ich fühle mich traurig und eingeschüchtert, weil ich befürchte, dass man meine Füße sieht.«[60] Wenig später – er betrachtet übrigens an den Wänden teilweise lebendige Bilder – bemerkt er, dass zuerst ein Fuß, schließlich alle beide wieder beschuht sind. Michel Butor bringt in seiner ausführlichen Studie über diesen Traum zwei Aussagen Baudelaires mit dieser Szene in Zusammenhang, einmal den Vorwurf an seine Mutter, dass sie ihm unterstelle, lediglich an der »Entbehrung von Gummischuhen« (»une privation de souliers de caoutchouc«) zu leiden, und einmal das Geständnis: »ich verstehe mich darauf, recht geschickt Strohsohlen oder selbst Papier an meinen durchlöcherten Schuhen anzubringen, daß meine Schmerzen beinahe nur moralischer Natur sind«.[61] Ähnlich wie in der Betrachtung von van Goghs Schuhen bei Heidegger, in denen das ästhetische Element der Wahrheit »begegnet«, treffen auch bei Baudelaire beide Aspekte zusammen, die Eitelkeit des Dandys, der jeden Tag zwei Stunden auf seine Toilette verwandte, und die »Entblößung« (Heidegger spricht in dem Zusammenhang von Wahrheit als »aletheia«, wörtlich: das Nicht-Verborgene)[62] durch das fehlende Schuhwerk. Es ist in dem Zusammenhang nicht unwichtig, dass Rohns Schuhe, ebenso wie die von Baudelaire und van Gogh, schäbig und abgetragen sind. In den abgelegten Schuhen offenbart sich somit auch das ursprüngliche Tatmotiv: das Gefühl, zu kurz gekommen zu sein. In einer weiteren Verkehrung der wahren Umstände behauptet Rohn auf Derricks Fragen, er sei unten auf der Straße gewesen, also keineswegs oben auf dem Speicher. Als ihn Derrick auf seine unbeschuhten Füße hinweist, gibt er vor, es sei seine Angewohnheit, in der Wohnung die Schuhe auszuziehen; während er dies sagt, nimmt er die Schuhe, setzt sich aufs Bett und zieht sie an, obwohl er nicht vorhat, die Wohnung zu verlassen. Rohns Handlungen unterliegen einer eigenen (traumhaften) Logik, wodurch sie nicht in Zusammenhang mit seinen Aussagen stehen, was ihn folglich verdächtig macht. Es ist, als ob er durch die Tat in eine Traumwelt eingetreten ist, in der sein Innenleben durch ein schlafwandlerisches Handeln für die Nicht-Träumenden offensichtlich wird, während er selbst nichts davon weiß. Und auf eine ebenfalls unbewusste Art scheint die dringendste Aufgabe des Ermittlers darin zu bestehen, Rohn aus dieser Traumwelt zu befreien – was die Lösung des Falls voraussetzt.

Diese Traumwelt spielt sich innerhalb einer geschlossenen Anstalt ab, einem großen Haus mit vielen Stockwerken, vor denen lange Galerien entlangführen, das aber nur von zwei Parteien, einmal im Hochparterre und dann genau darüber im ersten Stock, bewohnt wird: Seibachs und Rohn. Obwohl sich die Handlung des Films regelmäßig im Treppenhaus abspielt, sieht man nie einen der anderen Bewohner das Haus betreten oder verlassen. Nur aus diesem Grund kann es Rohn überhaupt wagen, die Leiche Seibachs in der Nacht geschultert nach unten zu tragen, ohne befürchten zu müssen, dass ihm jemand begegnet. Es ist erneutes Sinnbild für die kindliche Welt, in der Rohn lebt, weil er allein seine direkte Umwelt kennt, innerhalb deren er seinen Plan entwickelt und gar nicht darauf kommt, eine Außenwelt miteinzukalkulieren. Seine Sicherheit ähnelt der des Josef K. in Kafkas *Prozess*, der sich auf seine Unschuld verlässt und nicht bemerkt, dass er in den sich verändernden Verhältnissen schuldig wird. Rohn, der auf seinen Plan vertraut und nicht einsehen kann, dass dieser Plan von vornherein zum Scheitern verurteilt war.

Auch wenn die 1970er Jahre im historischen Rückblick vor allem von der bleiernen Zeit um die Rote Armee Fraktion und den Deutschen Herbst geprägt zu sein scheinen, begann in diesem Jahrzehnt parallel eine gesellschaftliche Restauration, die durch die innenpolitischen Verwerfungen eher beschleunigt als infrage gestellt wurden, da diese ohnehin nur einen kleinen Ausschnitt der Gesellschaft betrafen und meist in Form plakativer Schlagzeilen und minimalistischer Zusammenfassungen der abendlichen Nachrichten in den kleinbürgerlichen Alltag vordrangen. Auf der politischen Ebene vollzog sich eine Konsolidierung der außerparlamentarischen Oppositionen in Parteien und Diskussionszirkeln, ähnlich der rasanten musikalischen Entwicklung der sechziger Jahre, die sich in einzelne Sparten auszudifferenzieren begann. Der kreative und revolutionäre Sumpf der Gegenkultur war zwar noch nicht trockengelegt, jedoch parzelliert, begradigt und eingefasst. Der Generationenkonflikt wurde immer stärker entpolitisiert und individualisiert.

In Wolfgang Petersens erstem Kinofilm *Einer von uns beiden* aus dem Jahr 1974, dem Jahr, in dem das ZDF mit der Ausstrahlung der Serie *Derrick* begann, lässt sich diese gesellschaftliche Entwicklung exemplarisch ablesen. Der abgebrochene Student und erfolglose Schriftsteller Bernd Ziegenhals (Jürgen Prochnow) lebt zusammen mit der Prostituierten Miezi (Elke Sommer) und zwei weiteren Mitbewohnern in einer heruntergekommenen Altbauwohnung mit Klo im Hausflur und ohne Bad in Berlin-Kreuzberg. Bei einer bezahlten Recherchearbeit stößt Ziegenhals auf eine amerikanische Doktorarbeit aus den 1950er Jahren und stellt fest, dass der Soziologie-Professor Rüdiger Kolczyk (Klaus Schwarzkopf) diese Arbeit einige Jahre später übersetzt und als seine eigene Dissertation veröffentlicht hat. Er erpresst den Professor um einmalig 10 000 und weiter monatlich 1500 Mark, sagt seinen Mitbewohnern, er habe geerbt, und zieht in zwei Zimmer mit Küche und Bad bei einer Witwe im Grunewald. Als Miezi ermordet und ihres gesamten Geldes beraubt aufgefunden wird, gerät Ziegenhals in Panik, da er befürchtet, durch seinen plötzlichen Reichtum in Verdacht zu geraten. Er kontaktiert Professor Kolczyk und vereinbart, das erpresste Geld vor der Polizei als Darlehn zu deklarieren. Auch der Professor ist verdächtig, da er Miezi in ihrer Wohnung aufgesucht hatte, um über sie Einfluss auf Ziegenhals zu erhalten. Dem ermittelnden Kommissar erklärt Kolczyk diesen Umstand mit der Arbeit an einer »Zuhälterstudie im Rahmen einer größeren Untersuchung«. Nach einem abwechslungsreichen Kräftemessen zwischen Kolczyk und Ziegenhals, dem es schließlich gelingt, sich als weiteres Druckmittel mit Kolczyks Tochter zu befreunden, sagt Kolczyk etwa zehn Minuten vor Ende des 90-minütigen Films bei einer Cocktailparty Folgendes: »Ja, da steht nun einmal die Behauptung von Albert Camus im Raum, dass die Auflehnung erst dem Leben seinen Sinn gibt. Ich bin mir nicht so sicher, ob diese Feststellung nicht ein typisches Produkt der fünfziger Jahre ist. Auflehnung gegen Gegebenheiten, gegen die Realität, das ist für einen Intellektuellen doch etwas Selbstverständliches und damit gleichsam etwas Geringes. Dagegen gelassenes Hinnehmen widriger Umstände, Einordnung in ein vorgegebenes Muster, verlangt das von einem geistigen Menschen nicht mehr innere Größe als Auflehnung? Anpassung verlangt vom Intellektuellen doch eine enorme Stärke, weil sie seiner ganzen Natur eben zuwiderläuft.« Kurz darauf bricht Kolczyk vor einer Fernsehaufzeichnung zusammen und erhält wenig später die Diagnose Darmkrebs. Er schreibt einen Brief an den Kommissar und trifft sich mit Ziegenhals in einem der oberen Stockwerke eines Hochhaus-Rohbaus, in der dieser bereits die Wohnung für sich und Kolczyks Tochter ausmisst. Kolczyk teilt Ziegenhals mit, dass er sich nicht länger von ihm erpressen lassen und auch die Wohnung nicht finanzieren wird. »Es sieht alles ganz anders aus, wenn man weiß, dass der Docht ausgeht. Dein Pech.« Ziegenhals ist entsetzt, weil seine Lebensplanung ins Wanken gerät, und verfällt in einen Monolog über die Chancen der Krebsheilung, während er durch den Rohbau stapft. Als er sich umdreht, ist Kolczyk verschwunden. Wie sich herausstellt, hat er sich lautlos in die Tiefe gestürzt. Als Schlussbild sieht man das tränenverschmierte Gesicht von Ziegenhals und dazu eingeblendet die Legende: »Bernd Ziegenhals wurde wegen Mordes in Tateinheit mit Erpressung zu lebenslänglicher Haftstrafe verurteilt.« Wolfgang Petersen, der zur Generation des Ziegenhals gehört, zeigt hier die Verlagerung des offenen gesellschaftlichen Protests hinein ins Private. Der gescheiterte Student Ziegenhals will einen Anteil an der Prosperität, die die Generation seiner Eltern im Nachkriegsdeutschland erwirtschaftet hat. Weder er noch Professor Kolczyk glauben an die Möglichkeit einer gesellschaftlichen Veränderung, und während der eine sich in der ihm anerzogenen Selbstdisziplin übt, gleichzeitig seinen Machtanspruch bis zuletzt nicht aufgibt, sondern sogar bereit ist, sein Leben für dessen Erhalt zu opfern, bezieht der andere aus dem gescheiterten gesellschaftlichen Protest die Legitimation für sein kriminelles Handeln. Darin gleicht er Rohn, der dem Geldboten Seibach sagt, als der ihn nach dem Überfall zur Rede stellt: »Ich weiß doch Bescheid. Ich seh' doch, was los ist. Sie transportieren das Geld anderer Leute und haben selber nichts. Weil es Ihnen nicht zusteht? So wie es mir nicht zusteht?«

Der Autor sämtlicher 281 Folgen, Herbert Reinecker, wollte mit *Derrick*, nachdem er bereits mit den Büchern für die Reihe *Der Kommissar* erfolgreich gewesen war, »eine Krimiserie verfassen, die gegen das Muster lief. Ich wollte den Mörder nicht entdecken wie die verborgene Figur in einem Vexierbild, sondern ich wollte ihn von Anfang an bekannt sein lassen, um so die volle Mörder-Menschen-Welt aufzudecken. Mich hatte immer gestört – und das tut es bis heute –, daß eine normale Muster-Kriminal-Fernsehgeschichte immer erst einsetzt, wenn die großen, die entsetzlichen, aufregenden Ereignisse bereits passiert sind. Dann erst trat ein Kommissar auf mit keiner anderen Aufgabe, als das Recht zu verkörpern und mühsam aufzudecken, was das (*sic!*) eigentlich geschehen war. Aber viel wichtiger war doch die Frage: *Wie eigentlich wird der Mensch zum Mörder?*«[63] Die sogenannte »invertierte« Detektivgeschichte gab es in größerem Umfang als Fernsehserie allerdings bereits seit dem Jahr 1968, als Peter Falk in der Rolle des Detectiv Columbo auftrat, übrigens in 27 der 69 Folgen synchronisiert von Klaus Schwarzkopf, um Mörder zu überführen, die der Zuschauer bereits kannte. Doch das amerikanische Vorbild reichte zur Durchsetzung dieses Krimigenres in der Bundesrepublik allem Anschein nach nicht aus. »Nach etwa neun Folgen bat man mich, das Muster zu ändern, im Sinne von: Sie wollen es nicht anders. Sie fühlen sich herausgeworfen aus dem Gewohnten, und möglicherweise gehen sie des Schutzes durch das Gewohnte verloren. Ich gebe zu, ich änderte das Muster traurigen Herzens und bin heute noch davon überzeugt, daß eine Serie *fehlt*, eine Serie, die ihn beschreibt: *den Weg ins Verbrechen*.«[64] Tatsächlich bewältigt Reinecker diesen Genrewechsel innerhalb der zweiten Staffel mit einer Art Mischung aus *Whodunit* und *Howcatchem*, sodass man zwar den Mörder sieht, jedoch ebenso wenig wie der Kommissar weiß, wer er ist oder was seine Beweggründe sind. Noch etwas anderes aber ist viel entscheidender: Wie bereits erwähnt, haben die ungefähr ersten vierzig *Derrick*-Folgen, die in den 70er Jahren ausgestrahlt wurden, wenig mit den 240 späteren Folgen zu tun, die vor allem das Bild von Derrick geprägt haben. Während dort Derrick in der scheinbar immer gleichen Umgebung gehobener Münchener Villen im Rahmen eines Kammerspiels in reduzierter Kulisse recht aktions- und ebenso emotionslos ermittelt, nutzte man zu Beginn die Erfahrungen des Spielfilms mit bekannten Theater- und Filmschauspielern, detailliert ausgestatteten Szenenbildern und professioneller Kameraführung.

Im Gegensatz zu dem immer wie aus dem Ei gepellten Derrick wurde Detective Columbo[65] bewusst

»menschlich« als zerstreut, mit ewig zerknittertem Trenchcoat und auseinanderfallendem Citroën inszeniert. Wenn auch sein privates Umfeld nicht gezeigt wird, erwähnt Columbo immer wieder den ein oder anderen Cousin oder Onkel aus seiner Verwandtschaft, vor allem jedoch seine Frau. Da »Mrs. Columbo« jedoch selbst bei der Folge, in der sie zusammen mit ihrem Mann eine Kreuzfahrt unternimmt, nie zu sehen ist und sich am Ende einer anderen Folge herausstellt, dass auch ihre Beerdigung nur vorgetäuscht war, nachdem eine Tatverdächtige sie mit vergifteter Marmelade zu ermorden versucht hatte, festigt sich der Verdacht, dass Columbo, ähnlich wie seine Zerstreutheit und seine übrigen Attribute, ein Familienleben nur vortäuscht, um sein jeweiliges Gegenüber in Sicherheit zu wiegen und relativ ungestört ermitteln zu können. In seiner soziologischen und von ihm selbst als »bourdieusienne« bezeichneten Studie *Columbo: der Klassenkampf im Abendprogramm* stellt Lilian Mathieu fest, dass die Mörder bei Columbo »immer auf einer Reihe verschiedener Ebenen dominieren, die oft zusammentreffen: sie sind (sehr) reich, berühmt (Fernseh- oder Filmstars, anerkannte Künstler, Verfasser von Bestsellern ...), mächtig (Politiker, Firmenchefs, Offiziere, Wissenschaftler ...), verführerisch, elegant, raffiniert, modern«.[66] Neben einem in der Regel großen Vermögen besitzen sie alle das, was Bourdieu das »symbolische Kapital« nannte, also Einfluss, Ansehen, Autorität. Nie begegnet Columbo seinen Verdächtigen kritisch oder verurteilend, vielmehr interessiert er sich für ihr Leben und ihr Metier und stellt dabei nicht selten eine offene Bewunderung zur Schau. Tatsächlich jedoch tritt Columbo auf diese Art in einen »Klassenkampf« mit den Mördern, die er zu überführen hat, und er benutzt in diesem Kampf die einzige Waffe, die ihm zur Verfügung steht, nämlich die Klassendistinktion. Sich nicht gegen Strukturen zur Wehr setzen, die einen degradieren und entmächtigen, sondern diese im Gegenteil anzunehmen[67] und für sich zu nutzen, führt zu einer Selbstermächtigung, in der die vermeintliche Ungleichheit zum eigenen Vorteil genutzt werden kann. Im Gegensatz zu Derrick ist Columbo kein austauschbarer Vertreter des Gesetzes, der im Auftrag von Macht und Autorität agiert und mit den entsprechenden Mitteln ausgestattet zum Erfolg kommt, vielmehr setzt er die ihm zugeteilte Rolle bewusst ein, um die Strukturen, in denen sich die von ihm verfolgten Täter bewegen, durch beständige Affirmation auszuhebeln. Während er so immer mehr über sie erfährt, wiegen sie sich in Sicherheit und unterschätzen die Gefahr gesellschaftlicher Zwänge, die sie am Ende dazu bringt, sich selbst zu überführen, weil sie von Columbo weiter in eine Rolle hineingedrängt wurden, zu der als Begleiterscheinung von Einfluss und Wohlhaben eine gewisse Haltung zählt, die es ihnen ab einem bestimmten Punkt nicht mehr erlauben würde, zu leugnen oder sich gar der Verhaftung zu entziehen.

Derrick hingegen versucht es von der genau anderen Seite, indem er kraft seiner ihm verliehenen Autorität darauf bedacht ist, eine gewisse persönliche Distinktion zu verkörpern. Auch aus diesem Grund wurde der ebenfalls von Columbo übernommene Versuch, Derrick mit einem Privatleben auszustatten, bereits nach zwei Folgen wieder eingestellt. In der Folge »Das Pfandhaus« spielt Johanna von Koczian Derricks Freundin Renate Konrad. Sie ist Psychologin und erzählt von einem Patienten, der ihr den Hof macht, während Derrick auf der Couch liegt und im Hintergrund das Andantino aus Mozarts »Posthorn«-Serenade läuft. Derricks Wohnung ist dezent zeitgemäß eingerichtet, das Bild mit den drei Seiltänzern in Comedia-del-Arte-Kostümen über dem Plattenspieler ist reine Dekoration, aus historischen oder farb-ästhetischen Gründen ausgewählt, Teil seiner Kultur, die lediglich etwas über seine soziale Stellung verrät, nichts aber von seinem Innenleben wie der »Hausner« über Rohn in dessen Zimmer. Dass er in Gegenwart seiner Freundin nicht nur die Krawatte löst, sondern sich sogar das Hemd aufknöpft und man tatsächlich für einen Moment das darunter befindliche Feinripp-Unterhemd sehen kann, ist nicht Preisgabe von Intimität, sondern lediglich Vorbereitung für einen Anruf von Harry, der Derrick die gerade aufkommende Nähe mit seiner Partnerin unmittelbar unterbrechen lässt. In der Folge »Schock« werden Derrick und Konrad vom Theaterdiener wegen eines Falls aus dem 3. Akt der *Tosca* geholt. Beide sind dem Anlass entsprechend gekleidet, sie im rückenfreien langen schwarzen Kleid, Derrick im schwarzen Anzug. Hier ergibt der »Zufall«, das Konrad Derrick begleitet und als Psychologin in den Fall involviert wird. Ihre Sonderstellung wird dadurch betont, dass sie keine Zeit findet, sich umzuziehen, und bei den nächtlichen Ermittlungen gezwungen ist, immer weiter im Abendkleid herumzulaufen. Herbert Reinecker wäre nicht auf die Idee gekommen, durch den Einblick in sein Privatleben einen »anderen« Derrick zu zeigen, vielmehr wird das Private benutzt, um die Autorität Derricks aus einem anderen Blickwinkel zu bestärken, denn selbst hier ist alles in bester Ordnung.[68] Gleichzeitig zeigt sich an solchen Stellen nicht nur Reineckers generell misogyne Haltung, die Frauen fast ausschließlich unter dem Aspekt des Gebrauchsobjekts einsetzt, was ja das Opfer einer Kriminaltat in letzter Konsequenz auch ist,[69] sondern auch sein Ressentiment gegenüber der Psychologie, das sich an dieser Stelle in der scheinbar gebildet daherredenden Konrad auf noch recht zurückhaltende Weise manifestiert. Natürlich trägt Konrad eine sehr große und auffällige Brille, die sie als Zeichen des Privaten, wenn Derrick sie umarmt und küssen will, zuvor abnimmt, doch, was sie wirklich mag und denkt, und ob sie zum Beispiel für den Funk-Jazz verantwortlich ist, der in der späten Nacht in Derricks Wohnung läuft, erfährt man nicht.

Ein Regisseur, der um seine misogyne Haltung nie einen Hehl machte, ist Alfred Hitchcock, dem es selbst in einem tiefgründigen und komplexen Film wie *Vertigo* aus dem Jahr 1958, in dem augenscheinlich gleich mehrere Frauenfiguren im Zentrum der Handlung stehen, nicht gelingt, ein einigermaßen differenziertes Frauenbild zu zeichnen. Viel beschrieben und analysiert ist das Verhältnis des Privatdetektivs Scottie (James Stewart) zu Judy (Kim Novak), in der er eine andere Frau, Madeleine, zu erkennen glaubt, die vor seinen Augen gestorben ist und die er nun beginnt, nach deren Vorbild zu »gestalten«, bis er herausfindet, dass es sich bei Judy und Madeleine um ein und dieselbe Person handelt. Auch in *Vertigo* spielt ein Gemälde eine tragende Rolle, das Porträt einer Adligen, mit der sich Madeleine zu identifizieren scheint. Weniger Beachtung findet in der Analyse des Films im Allgemeinen jedoch ein anderes Gemälde, nämlich eine recht getreue Kopie besagten Porträts durch Scotties kumpelhafte Freundin Midge (Barbara Bel Geddes), das sich von Ersterem nur dadurch unterscheidet, dass Midge ihr Gesicht an die Stelle der porträtierten Adligen gesetzt hat. Es ist ihr verzweifelter Versuch, Scotties Begierde, die sich ganz auf Madeleine konzentriert, auf ihre Person zu lenken. Dass Midge dabei auf den mimetischen Ursprung des Begehrens vertraut, ist durchaus schlüssig, denn wenn Madeleine dieses Porträt liebt und Scottie Madeleine liebt, warum sollte Scottie dann nicht Midge lieben, wenn sie zur Porträtierten wird, also von Madeleine »geliebt« wird? Eigenständiges weibliches Begehren hat jedoch bei Hitchcock keinen Platz, und so wird dieser Versuch von Midge zu einer gleichermaßen peinlichen wie lächerlichen Aktion, die ihren platten Ausdruck in der Tatsache findet, dass Midge sich mit Brille porträtierte, folglich nicht nur einen »Stilbruch« begangen, sondern die ihr zugeteilte Rolle verlassen hat, Objekt männlicher Begierde mit entsprechenden »brillenlosen« Attributen zu sein. Die Frau hat nicht »scharf« zu sehen, sondern muss ihren eigenen Blick dem des Mannes unterordnen.

Zwischen 1975 und 1979 strahlte das Erste Programm in vier Staffeln à vier Folgen eine Serie mit dem Titel *PS* aus. Im Mittelpunkt der verschiedenen Handlungsstränge stehen das fiktive Autohaus Neubert in Darmstadt und seine Kunden. In der vierten und letzten Staffel aus dem Jahr 1979 mit dem Titel »Feuerreiter« geht es um eine Motorradgang, die in Darmstadt ihr Unwesen treibt. Sie wird von einem hageren Abiturienten mit Namen Hamlet (Willi Kowalj)[70] angeführt, der einen reichen Vater hat, weshalb er über genug Geld verfügt, um für seine »Parade-Staffel« 25 Maschinen der »KIM 50« im Gesamtwert von 120 000 Mark beim Autohaus Neubert zu bestellen. Wer Mitglied bei den »Feuerreitern« werden will, muss sich einer harten Aufnahmeprüfung und Probezeit unterziehen und anschließend die unzähligen Verordnungen und Vorschriften befolgen, die Hamlet in einem Vereinsregelwerk niedergelegt hat, das jedes Mitglied bei sich trägt. Ohne dass der Hamlet-Stoff ansonsten im Film, sei es direkt oder indirekt, thematisiert wird, tragen die Mitglieder Namen wie Horatio, Laertes, (Gülden-)Krantz oder (Rosen-)Stern; der zuletzt hinzugekommene Jochen, der moralisch integer bleibt, wird Fortinbras genannt. Ähnlich wie bei *Derrick* stellt sich auch hier die Frage, ob in Drehbuch und Umsetzung tatsächlich eine Ebene mit Symbolgehalt eingezogen wurde, oder ob nicht vielmehr mit recht oberflächlichen Reizen gearbeitet wird, die eine Bedeutungstiefe lediglich simulieren, wenn sie nicht sogar Anklänge einer sich selbst attestierten Überlegenheit in sich tragen, durch die man sich dem eigenen Publikum überlegen wähnt, um quasi über dessen Köpfe hinweg mit den eigenen *peers* zu kommunizieren. Tatsächlich sagt der Name »Hamlet« hier lediglich aus, dass es sich um einen geistesgestörten jungen Mann handelt.

In der zweiten Folge besagter Staffel, die am 5. März 1979 gesendet wurde, sieht man Hamlet in seinem Zimmer. Er geht auf und ab und spricht einen Text, angeblich eine Arbeit »für das Abitur«, auf ein Diktiergerät: »Römisch IV. Titel: Hoffentlich nimmt alles ein schlimmes Ende. Groß A: In römisch III haben wir zu explizieren versucht, warum gesellschaftliche Mutationen fast immer rezessiver Natur sind.« Er hält inne, hört sich das Diktierte noch einmal an und verbessert: »fast immer rezessiv verlaufen«. Als er während des Diktierens an der Längswand seines Zimmers entlanggeht, sieht man dort unterhalb eines Bücherregals mit Ordnern und einer Puppe, ungefähr in Kopfhöhe eines Sitzenden, die Reproduktion eines Gemäldes hängen. Es ist *Die Arche des Odysseus* von Rudolf Hausner. Das Bild taucht noch ein zweites Mal in der vierten Folge auf, als es mit Hamlets Wahnsinnsregime langsam zu Ende geht. Vor dem Fenster stürmt und regnet es. Laertes ist gekommen, um Hamlet die in der Gruppe aufgetauchten Zweifel zu übermitteln. »Für jeden Handschlag, für jeden Schritt eine Regel. Keiner weiß wozu. Und deine verquirlte Sauce aus Darwin und Nietzsche hat uns noch nie interessiert.« Hamlet selbst stellt die Frage nach dem Weiterbestehen der Clique und tritt bei dem Wort »Auflösung« vor den *Odysseus*, über den Hausner sagte: »Während des Malens entwickelte sich hinter den drei Figuren des Anfangs ein kellerartiges Gewölbe, in dessen Mitte ein merkwürdiges Gesicht entstand, in dessen Augenhöhlen Embryonen nisten und aus dessen Schädel ein Fruchtbarkeitsprozeß hervorgeht, der schließlich in eine große, wohlgeordnete geometrische Form mündet, die über das Haus des Odysseus, das langsam das ganze Bild einzuschließen begann, hinausragt. Erst danach fand ich das andere, vordergründige, bewußte Gesicht des Odysseus, auf dessen Matrosenkappe ich das Wort ›Ithaka‹ schrieb. Ithaka ist Anfang und Ende der langen Reise.«[71]

Es wird ein Treffen am Versammlungsort in der Kiesgrube vereinbart, wo Hamlet seine Autorität zurückgewinnen will, indem er mit seinem Motorrad einen Sündenbock über den Sandplatz schleift. »Das ist die klassische Exekutive für den besiegten Gegner. Denk an Homer, an Troja.« Fortinbras: »Die haben das mit Erschlagenen getan, nicht mit Lebenden.« Hamlet: »Im Mittelalter auch mit Lebenden. Ich verbinde die Erhabenheit der Antike mit der Grausamkeit des Mittelalters. Zu dieser Symbiose müssen wir endlich kommen. (...) Mitschuld knüpft die einzigen dauerhaften, unauflöslichen Bande und ihr werdet heute Abend zu meiner Bande. Ich werde Gas geben und Runden drehen, bis ... Was hältst du davon: bevor ich starte, zitiere ich Homer, aus dem 22. Gesang? Achill schleift Hektor um die Feste. Du kennst die ungeheuerliche Passage. Schöner klingt's ja im Original, aber die meisten können kein Griechisch. ›Sprach's und üble Taten am göttlichen Hektor verübt er. Hinter die Sehnen beide durchbohrt er ihn an den Füßen zwischen den Fers und den Knöchel, durchzog sie mit Riemen von Stierhaut, band sie fest an den Wagen und ließ ihn also nachschleppen ...‹« Die Künste vermögen es, den Wahnsinn auf so unnachahmliche Weise und in all seinen Schattierungen zu beschreiben, dass sich deren Produzenten unwillkürlich dem Verdacht aussetzen, selbst verrückt zu sein.

Die Verbindung von Kunst und Traum, die ausgehend von dem Gemälde Hausners im Zimmer Rohns

Teil des Verlaufs der Geschichte wird, so als erweise sich der konventionelle Umgang mit Realität den unbewussten Strömen gegenüber als ohnmächtig und verwandele den Handelnden zur Marionette seiner von ihm selbst in Bewegung gesetzten Ereignisse, findet sich auch in dem 1944 von Fritz Lang in den USA gedrehten Film *The Woman in the Window* wieder, in dem Edward G. Robinson auf seinem nächtlichen Heimweg vor einer Galerie anhält und das dort ausgestellte Porträt einer Dame bewundert. Als die Porträtierte selbst aus dem Schatten tritt und ein Gespräch beginnt, folgt Robinson dem sich traumhaft verändernden Pfad, der von da an seine ureigene Dynamik entwickelt, angefangen mit einem Abstecher auf das Zimmer der Dame, aus dem sich in albtraumhafter Logik ein Mord an deren Geliebten ergibt, bis zu sich anschließenden Vertuschungsversuchen und einem Selbstmord mit Tabletten, der sich jedoch, wie alles, was zuvor geschah, am Ende als Traum erweist.

Ein Jahr später, 1945, veröffentlicht Fritz Lang einen Film, der mit denselben Haupt- und Nebendarstellern das Thema Liebe und Kunst vertieft und aus mehreren Blickwinkeln betrachtet. Übernahm die Kunst in *The Woman in the Window* nur die Rolle eines MacGuffin, der die Handlung ins Rollen bringt, ohne selbst eine inhaltliche Bedeutung zu haben, so beschäftigt sich *Scarlet Street* ausführlich mit gleich einer ganzen Anzahl von Themen in Verbindung mit Malerei und ihrer Verwertung. So werden immer wieder ganz fundamentale Fragen gestellt, etwa wie man den Wert eines Kunstwerks ermitteln kann oder was ein Künstler wahrnimmt, und nicht zuletzt, was das auf einem Gemälde Dargestellte wohl bedeuten mag. Edward G. Robinson spielt den Kassierer Christopher »Chris« Cross, der in erdrückenden Verhältnissen lebt. In der häuslichen Wohnung dominiert die Erinnerung an den ersten Mann seiner Frau, der bei dem Versuch ums Leben kam, eine Selbstmörderin aus dem East River zu retten. Dessen lebensgroßes Porträt überblickt patriarchal das Wohnzimmer und ist das erste Gemälde, das in dem Film auftaucht, nachdem man Cross schon mehrfach über sein Hobby, die Malerei, hat sprechen hören. Cross ist ein Sonntagsmaler im wahrsten Sinne des Wortes, der eine Butterblume zur Vorlage nimmt und auf der Leinwand in ein phantastisches Gewächs verwandelt, weil er das »Gefühl« malt, das ihn beim Betrachten der Pflanze überkommt. In Greenwich Village lernt Cross Kitty (Joan Bennett) kennen, die ihn fälschlicherweise für einen vermögenden Maler hält. Ihr Freund Johnny (Dan Duryea) mietet die ehemalige Wohnung eines Künstlers an, in der es einen Atelierraum gibt, den Kitty Cross als Raum zum Malen anbietet, wenn er dafür die Miete übernimmt. Cross geht darauf ein, muss, um sich das leisten zu können, allerdings seiner Frau Wertpapiere stehlen und zusätzlich bei seiner Bank Geld unterschlagen.

Die nächste Szene, in der ein Gemälde von Cross auftaucht, beginnt mit der Detailaufnahme eines Bildes, auf dem eine in der Luft schwebende Schlange zu sehen ist. Die Kamera zoomt heraus und zeigt eine nächtliche Straßenszene, mit einer Frau im Laternenlicht unter einer Hochbahnbrücke. Ihr gegenüber hat sich eine riesige Schlange um einen der Brückenpfeiler geschlungen und züngelt in ihre Richtung. In einer Halbtotalen sieht man nun Kitty vorgebeugt vor dem gezeigten Bild, hinter dem ein Frauenporträt hervorschaut, während auf dem Tisch zwei weitere Bilder liegen, obenauf das bereits bekannte Blumenbild. Man hört eine Tür gehen. Kitty winkt jemanden heran. Es ist Johnny. Sie deutet mit dem Kinn auf das Bild. Er beugt sich vor, schaut das Bild an, schaut dann zu ihr, sie zuckt übertrieben mit den Schultern. Er schaut erneut das Bild an. Während dieser ganzen Szene wird kein Wort gesprochen, sodass der Eindruck entsteht, ein Dritter, womöglich Cross, sei in der Wohnung anwesend. Schließlich sagt Johnny: »I don't get it. The poor sap must be a hophead seeing snakes on the air. Imagine anyone paying money for this stuff? Say, are you sure he's not a phoney?« »He's too dumb to be a phoney.« Kitty hebt das Blumenbild hoch: »I kinda like this one. But where would you find flowers like that?« Bei einem Straßenhändler erfährt Johnny, dass die Bilder von Cross zwar »etwas« haben, ihnen allerdings ein entscheidendes Merkmal von Kunst fehlt: die Perspektive. Gleichzeitig wird an anderer Stelle genau der Maler als Beispiel für eine gute Verkäuflichkeit genannt, der die Moderne unter anderem damit einleitete, dass er die Regeln der Perspektive gerade nicht länger beachtete.[72] So drückt Kitty in einem Gespräch mit Cross ihre Verwunderung über die Tatsache aus, was ein Gemälde wert sein kann und sagt: »I saw one litte picture that costs 50 000 Dollars. They call it a ... a ... Cézanne«, und Cross erklärt, dass es sich um einen großen Künstler handele und er dieses Bild gern besäße.

Die von John Decker (1895–1947) eigens für *Scarlett Street* gemalten Bilder bewegen sich thematisch zwischen Surrealismus und gegenständlicher Moderne, wobei ihnen durch die absichtsvoll eingesetzte Perspektivlosigkeit gleichzeitig etwas Naives anhaftet. Andererseits verweisen sie durch den von Decker bewusst angestrebten Dilettantismus teilweise sogar über die eigene Epoche hinaus auf byzantinische Auffassungen der Pop-Art, wie etwa in dem emblematischen Porträt, das Cross von Kitty anfertigt.[73] Wenn der Sonntagsmaler Cross davon spricht, lediglich seine Gefühle darzustellen (»Nobody ever taught me how to draw, so I just put a line around what I feel when I look at things.«), so steht er der Kunst letztlich genauso ahnungslos gegenüber wie Kitty und Johnny, die nicht über die Frage hinwegkommen, was die Bilder bedeuten mögen,[74] gekoppelt an die Frage, was wohl den Wert von Bildern tatsächlich bestimmt.

In der neunten *Derrick*-Folge »Paddenberg« vom 1. Juni 1975 geht es um den gescheiterten Künstler Robert Hofer (Heinz Bennent), der sich damit zufriedengibt, in einem Kaufhaus vor Publikum Bauernschränke nach alten Originalmustern zu bemalen, und die eigene künstlerische Arbeit weitgehend eingestellt hat, denn bei ihm zu Hause findet sich zwar ein Tisch mit Malutensilien und Vorlagen verschiedener Muster alter Möbel vor einem ungebeizten Regal, es gibt jedoch keine Staffelei und auch keine Bilder an den Wänden, die ihm zuzuschreiben wären: ein Alpenmotiv im Holzrahmen, ein japanischer Holzschnitt, eine Klee-Reproduktion, beide dilettantisch hinter stark spiegelndem Glas gerahmt, so als habe er versucht, die Bedeutung der Kunst beinahe völlig aus seinem Leben zu verdrängen. Es sind vor allem die beiden Schlagworte »Kaufhaus« und »Publikum«, die das Scheitern von Hofer als Künstler markieren, denn das Kaufhaus, auch wenn es schon bald von der sprichwörtlichen »Zigeunerin« abrückte, war als Inbegriff der dem Reproduktionsprozess geopferten Aura die Antithese zur Kunst, und dass ein Künstler etwas, quasi auf Bestellung, zudem noch vor Publikum produzieren kann, wo vor Publikum gemeinhin lediglich etwas reproduziert wird, scheint das Unkünstlerische zusätzlich zu bestätigen. Der Künstler lebt allein, arbeitet allein, geht allein unter, heimgesucht von Dämonen und nicht von einem alten Kriegskameraden, der ihn im Riedenberger Forst erschießt. Der Mörder, Direktor

Paddenberg, hat seine Villa mit kühl dekorativer Farbfeldmalerei ausgestattet, dazwischen eine fast lebensgroße Holzfigur aus einer gotischen Anbetungs- oder Kreuzigungsszene, die durch die eigenwillige Kontextualisierung eine neue Form des Leids auszudrücken scheint, nämlich ihrer angestammten Umgebung beraubt worden zu sein. Solange sie dekorativ und zurückgenommen auftritt, kann abstrakte Kunst als Distinktionsmerkmal im Hintergrund erscheinen, oft kontrastierend zu ihren in der Regel großbürgerlichen und arrivierten Besitzern, die sich dadurch als weltoffen ausweisen. Handelt es sich jedoch um experimentierfreudigere, vor allem dynamische abstrakte Kunst, so sind diese Werke ein Marker für die allgemeine und eher kauzig-genialische Verrücktheit des Künstlers, die dann auch entsprechend parodistisch gezeichnet wird, wie etwa in dem Film *What a Way to Go!* von 1964, in dem sich der in Paris lebende Expat Paul Newman als einen der wenigen fünf, sechs »wirklichen« Künstler bezeichnet, dazu zählt seine Atelierkollegin Frieda, eine Schimpansin. Newman stellt eine Mischung aus Pollock und Tinguely dar, der eine Maschine entwickelt hat, die durch die Geräusche angetrieben, die er mit Büchsen und Geschirr erzeugt, abstrakte Bilder malt.

Auch wenn abstrakte Werke in Filmen als Kennzeichen von unverständlicher Kunst generell und Marker elitärer Abgehobenheit eingesetzt werden, so scheinen sie untauglich, um die Verwirrtheit eines

Menschen zu illustrieren, der imstande ist, eine geplante Straftat, gar einen Mord zu begehen. Gänzlich verrückt oder eben ein Scharlatan mag vielleicht der abstrakte Künstler selbst sein, wer sich jedoch dessen Produkte an die Wand hängt, der ist im besten Fall verblendet und auf einen Schwindel hereingefallen, oder wurde vielleicht lediglich durch die dekorativen Elemente, die dem Abstrakten eignen, dazu bewegt, damit seine Wohnung zu verschönern. Natürlich wird auch hier mit zweierlei Maß gemessen, wird sich Kommissar Derrick kaum einer psychoanalytischen Befragung unterziehen lassen müssen, weshalb er Mozart hört und Seiltänzer an der Wand seines Wohnzimmers hängen hat. Nicht umsonst haben die »klassischen« Fernsehdetektive kein Privatleben, da sie immer auch Vertreter eines allgemein geltenden Rechts und damit auch Vertreter eines allgemein anerkannten Geschmacks sind – ganz anders als etwa die Detektive Chandlers oder Arthur Conan Doyles Sherlock Holmes, der nicht nur Geige spielt, sondern sich auch Heroin spritzt. So taucht auch die Frau von Reineckers »Kommissar« nur auf, um ihrem Mann bei der »Entstehung der Gedanken« zu assistieren oder sich um ihn zu sorgen, sei es, weil er sich zu sehr in einen Fall vergräbt, sei es, dass er die Rache einst von ihm überführter Gewohnheitsverbrecher zu fürchten hat, wie etwa in der Folge »Drei Schüsse auf den Kommissar«, in der Kommissar Keller vor der eigenen Haustür angeschossen wird und die Beratungen zwischen ihm und seinen Mitarbeitern statt im Büro im heimischen Wohnzimmer stattfinden. Hatte Frau Keller in der Sekretärin Rehbein ihre Doppelgängerin im Berufsleben, so entschied sich Herbert Reinecker bei Derrick schon bald für eine männliche Paarbeziehung, indem auch der Mitarbeiterstab immer weiter auf das klassische Ermittlerduo – Holmes/Watson, Batman/Robin, Starsky/Hutch etc. – reduziert wurde, während dem Kommissar bis zum Schluss drei Assistenten zur Seite standen. Der Ermittler ohne Privatleben gleicht damit dem Herrscher, der seine Funktion in Form eines überpersönlichen Körpers erfüllt und der allgemein herrschenden Macht, und damit auch den Meinungen, die das Alltägliche betreffen, Ausdruck verleiht.

Wenn Derrick und auch Klein den »Hausner« im Zimmer Rohns betrachten, so taxieren sie das Bild nicht als Banausen der Kunstgeschichte, sondern als Vertreter des herrschenden Rechts und des klaren Menschenverstands. Das Dargestellte wird nicht als die Arbeit des Künstlers Rudolf Hausner eingeordnet und bewertet, sondern als Bild des Studenten Harald Rohn. Um aber eine Verbindung zwischen Bild und Besitzer konstruieren und im Weiteren einen Schluss auf dessen Innenleben herstellen zu können, muss das Bild nach »realistischen« Gesichtspunkten interpretierbar sein, da das abstrakte Gemälde, wie bereits gesagt, lediglich eine komplette Verrücktheit suggerieren könnte, nicht aber zum Beispiel eine Wahnwelt, die durch Selbstüberschätzung entsteht. Diese findet sich beispielhaft in dem ausgewählten Bild, das ja eine auf den ersten Blick realistische Szenerie entwickelt, die deshalb auch als Vertiefung des Zimmers selbst gelesen werden kann. Der Herausgeber einer großen Hausner-Monographie, Hans Holländer, beschreibt die Veränderung von Hausners kindlicher Vorliebe für Geometrie hinein in eine »abgründige und unheimliche Konstruktion einer vollkommenen, aber nichtmenschlichen Welt. Die in ihr verkörperte bewunderte Rationalität verwandelt sich in ihr Gegenteil. Die Konstruktionen werden absurd, ihr Zweck ungewiß, ihre Konstellationen unüberschaubar und voller Anzeichen drohender Gefahr. Irgend etwas, Adam zum Beispiel, wird vermessen, aber die Messungen ergeben keine ›Werte‹, sondern Daten.«[75]

Ausgehend von Holländers Beschreibung ist zu konstatieren, dass die Gestalter dieser *Derrick*-Folge Hausners Gemälde durchaus in diesem Sinne verstehen, also gar nicht unbedingt entgegen der eigentlichen Aussage, quasi zweckentfremdet einsetzen. Und dennoch ist das Erscheinen des Gemäldes an dieser Stelle, ganz anders etwa als das Erscheinen des Max-Ernst-Gemäldes bei *Bel-Ami*, von einem Ressentiment getragen. Hinge der »Hausner« etwa im Wohnzimmer von Derrick oder, statt der üblichen Fahndungsplakate und Mahnungen zur Vorsicht, im Kommissariat, so wäre die Aussage eine andere. Kaum käme man darauf, dass mit Derrick etwas nicht stimme, vielmehr vermittelte sich der Eindruck, dass er seine analytischen Fähigkeiten mithilfe der Kunst erweitere, so wie sich Freud in seinem Behandlungszimmer mit verschiedenartigen Kunstwerken und Objekten umgab oder Lacan Courbets *Ursprung der Welt*, wenn auch hinter einem Vorhang verhüllt, besaß. Eindeutig zu interpretieren wäre das Werk natürlich auch hier nicht. So hing tatsächlich an der Wand neben der Couch im Behandlungsraum meines Analytikers eine große, gerahmte Reproduktion von Max Ernsts *Wenn die Vernunft schläft, singen die Sirenen*, ein eher spätes und dekoratives Werk aus dem Jahr 1960. Zweifellos war das Bild gut gewählt, eine gelbe Sonne über einem Horizont, unter dem sich eine Spiegelung oder unbewusste Gegensonne befindet; vielleicht als Ganzes betrachtet die Darstellung einer Bewegung, das Dunkle, das nach oben kommt, mit einem Satz: »Wo Es war, soll Ich werden«. Da mir das Bild zwar gut bekannt war, ich aber den Titel nicht kannte, der dem Unbewussten eine gewisse, im Gegensatz zur schlafenden Vernunft Goyas, Ambivalenz, zumindest einen lieblichen Gesang attestiert, erschien es mir seinerzeit an dieser Stelle nicht nur ambivalent, sondern problematisch. Jedoch inwiefern? Da ich es beinahe unwillkürlich selbst »psychoanalysierte«, bekam es etwas Pädagogisches und verlor dadurch seinen künstlerischen Reiz. Wenn ich ehrlich war, gefiel mir genau dieser Max Ernst gerade nicht, weil er zu dekorativ, zu lieblich war. Genau aus diesen Gründen hatte mein Analytiker wohl auch dieses Bild gewählt, man konnte es übersehen, wäh-

(10) Max Ernst, *Die Sirenen schlafen ein, wenn die Vernunft erwacht.*

rend man darauf zuging, um sich neben es zu legen, und doch vermittelte es eine dezente Botschaft. Aber konnte es diese Botschaft vielleicht nur demjenigen vermitteln, der es als Dekor übersah, während es bei mir, der ich es unmittelbar erkannte und einordnete als »erkannte Absicht«, eine Verstimmung auslöste, weil ich es als Aufforderung verstand, einen gewissen Erkenntnisprozess, der vielleicht gar nicht mein eigener war, zu reproduzieren, anstatt ihn tatsächlich zu durchleben? Und das, obwohl ich mir diese vermeintliche Botschaft womöglich nur einbildete. Heute, mit dem Abstand eines Vierteljahrhunderts, würde ich womöglich genau dieses Thema während der Sitzung thematisieren, wozu ich damals bedauerlicherweise nicht in der Lage war, weil ich nicht begriff, dass jegliche Wahrnehmung im analytischen Prozess eine Rolle spielt, nicht zuletzt eine solche, die mit der unmittelbaren Umgebung zu tun hat, in der dieser Prozess vonstattengeht. Und so ergab sich eine ähnliche Situation wie zwischen Rohn und den Ermittlern Derrick und Klein, die die Existenz des »Hausner« ebenfalls be- und verschweigen. Ich weiß noch, dass ich damals vor allem meinen Analytiker vor einer Vereinnahmung durch mich behüten wollte, denn mir war ein von Kohut aus dessen Praxis beschriebenes Beispiel in Erinnerung geblieben, in dem ein Analysand an einem heißen Sommertag mit zwei Tüten Eis in der Praxis erscheint, eine davon für den Analytiker. Dennoch versuchte ich etwas Ähnliches, denn ich schenkte meinem Analytiker zu Weihnachten eine Ausgabe von Max Ernsts *La femme 100 têtes*, womit ich ihm wohl zu verstehen geben wollte, dass ich den Max Ernst in seiner Praxis erkannt hatte. Das heißt, ich wollte, ohne es direkt an- oder auszusprechen, doch über dieses Bild mit ihm kommunizieren. Heute frage ich mich, wie meine Analyse[76] verlaufen wäre, hätte an derselben Stelle stattdessen *Maria züchtigt den Jesusknaben unter Zeugen* gehangen? Oder eine der Meditationen Alexeij Jawlenskys, die mich begleiten, seit ich sie das erste Mal mit etwa zehn im Museum in Wiesbaden gesehen hatte?

Es ist ein Gemeinplatz, den Kunsthistoriker, ähnlich dem Archäologen oder dem Forscher generell, mit einem Detektiv zu vergleichen, der auf der Suche nach Indizien ist, um seine jeweilige Theorie zu untermauern. Geht es in der Kunstgeschichte meist um ästhetische Fragen oder »Interna« wie zeitliche Zuordnungen, Einflüsse, Urheberschaft und ähnliches, so lässt sich anhand der Kunstgeschichte immer auch Zeitgeschichte interpretieren, indem Kunst als »Symptom« einer Epoche begriffen wird, über deren Entschlüsselung sich unter Umständen gesellschaftliche Fragen allgemeiner Natur aufklären lassen. Ein Ansatz, den der Kunsthistoriker Hans Sedlmayr (1896–1984) erfolgreich in der beginnenden Bundesrepublik verfolgte. *Verlust der Mitte*, 1948 erschienen, wurde als Titel zum geflügelten Wort und erlebte bis in die Gegenwart unzählige Auflagen. Ein zweites Werk Sedlmayrs, *Die Revolution der modernen*

Kunst erschien 1955 als erster Band von »rowohlts deutscher enzyklopädie«, damals ebenfalls klein geschrieben und mit einem verspielten, comichaften Miro illustriert, dreißig Jahre später in der Reihe »dumont taschenbücher« neu aufgelegt. Diesmal bekamen Revolution und Kunst Majuskeln, wurde »Kunst« in einer um ein Drittel größeren Type als die Revolution gesetzt und von einem zivilisiert geordneten Klee (*Der Bote des Herbstes*) illustriert. Sedlmayr war im Jahr zuvor verstorben und wahrscheinlich ahnte man, dass sein Einfluss bald schwinden würde. Der Klappentext ist etwas unentschieden apologetisch: »Ziel Sedlmayrs ist aber weder eine Phänomenologie noch die Geschichte der revolutionären Künste. Vordringlich geht es ihm um die Frage nach der Stellung des Menschen in der gegenwärtigen Zivilisation. Heute, nach den politischen, künstlerischen und gesellschaftlichen Verschiebungen in den vergangenen dreißig Jahren, wird neu und besser begreifbar, was dieser ›Klassiker‹ verkündet.«[77] Zwar wird der »Klassiker« in Anführungszeichen gesetzt, gleichzeitig »verkündet« er weiterhin etwas, doch wer verkündet, der fragt nicht. Vielmehr scheint es, als sollten die »Verschiebungen« der letzten Jahrzehnte wieder zurechtgerückt werden – hin zu einer vermeintlichen Mitte. Die im gleichen Jahr erscheinende Wiederauflage der Taschenbuchausgabe von *Verlust der Mitte* beschreibt auf dem Rückendeckel Ähnliches: »Sedlmayrs mit polemischer Verve vorgetragene Thesen weisen Ansätze zu Heilung und Erneuerung nach, die er auch und gerade ›in jenen Refugien der Kunst und des Menschlichen‹ sieht, wo ›unter den Eismassen der Zeitangst echte Freude überwintert hat und keimt‹.«[78] »Heilung und Erneuerung«, es ist erstaunlich, wie unbedarft man diese Begriffe doch im Jahr 1985 immer noch verwandte, sodass man sich unwillkürlich fragt, was tatsächlich unter den Eismassen einer vermeintlichen Zeitangst überwintert hatte und nun wieder zu keimen begann. Noch etwas früher hätte man wahrscheinlich von »Einsicht und Umkehr« gesprochen. Dem beigefügt ist ein Zitat aus der »ZEIT, Hamburg«, in dem Sedlmayr attestiert wird, dass er einer der wenigen sei, die »wirkliche Kriterien und schlüssige Argumente zur Hand« haben und diese »Waffen« auch zu nutzen verstünden. Der Auszug schließt mit einem Paradoxon journalistischer Formulierkunst: »– all das mag den grämen, der der Gegenseite schon lange einen so kompetenten und temperamentvollen Verteidiger gewünscht hätte«.[79]

Sedlmayr diente weiterhin einer gesellschaftlichen Restauration, innerhalb derer man sich Imaginationen hingab, die sich die gleichermaßen imaginierten Feinde angeblich von einem selbst machten. Was wie eine unnötige Verkomplizierung einfacher Vorgänge aussieht, hat Methode, denn wirklich besiegt ist der Feind nur durch völlige Vereinnahmung und Deutungshoheit seiner Absichten. Tatsächlich fand schon seit den 1970er Jahren eine unterschwellige »Verschiebung« ganz anderer Natur statt, nämlich nach dem Verlust der Mitte hin zu einer beweglichen Mitte, die sich ganz nach Bedarf von rechts nach links und wieder zurückzubewegen verstand, je nachdem, wohin der Zeitgeist sie wehte, um sich kurzzeitig an ihrem jeweiligen Standort aufzublähen und alles andere an den Rand der angeblichen Extreme zu verweisen; denn indem der scheinbare Verlust der Mitte proklamiert wurde, konnte sich tatsächlich die Dominanz einer Mitte etablieren, die sich, da sie sich selbst verlustig gegangen war, nicht länger nach außen hin legitimieren musste und somit ihre Wirkkraft gerade in diese Richtung entfalten konnte.

Mitte bedeutet hier vor allem: Borniertheit. Da die Mitte das ist, wo ich bin, ist folglich alles, was nicht dort ist, wo ich bin, nicht in der Mitte. Dass diese Mitte sich, je nach Bedarf, auf eine antike, göttliche, aristokratische, moralische, paternalistische oder ähnliche Tradition beruft, ist dabei zweitrangig, entscheidend ist, dass »die Mitte« Synonym für Normalität ist; eine Normalität, aus der heraus alles andere pathologisiert werden kann. Diese Pathologisierung findet sich nicht zuletzt in der Literatur- und Kunsttheorie, wenn Goethe etwa sagt: »Mir ist ein neuer Ausdruck eingefallen, der das Verhältnis nicht übel bezeichnet. Das Klassische nenne ich das Gesunde und das Romantische das Kranke. Und da sind die *Nibelungen* klassisch wie der *Homer*, denn beide sind gesund und tüchtig. Das meiste Neuere ist nicht romantisch, weil es neu, sondern weil es schwach, kränklich und krank ist, und das Alte ist nicht klassisch, weil es alt, sondern weil es stark, frisch, froh und gesund ist. Wenn wir nach solchen Qualitäten Klassisches und Romantisches unterscheiden, so werden wir bald im reinen sein.«[80] Eine vorbereitende Überlegung hatte Goethe bereits ein halbes Jahr zuvor geäußert: »Was will der ganze Plunder gewisser Regeln einer steifen veralteten Zeit! Und was will all der Lärm über klassisch und romantisch! Es kommt darauf an, daß ein Werk durch und durch gut und tüchtig sei, und es wird auch wohl klassisch sein.«[81] Goethe simuliert in beiden Bemerkungen lediglich eine Begriffsdefinition, während er tatsächlich das Klassische als Synonym der Adjektive gesund, tüchtig, stark, frisch und froh setzt, ähnlich den unhinterfragten Voraussetzungen des Begriffs der Mitte als des Anzustrebenden bei Sedlmayr. Auf welcher Grundlage diese Bezeichnung allerdings für die *Nibelungen* oder *Homer* oder sonst ein Werk aus der Kunst zutreffen, bleibt offen. Die Kunst jedoch nach Kriterien von Krankheit und Gesundheit einzuteilen, ebnete den Weg zu den Theorien Cesare Lombrosos und Max Nordaus, der sein umfangreiches Werk *Entartung* Lombroso widmete, Reflexionsformen, die Sedlmayr nach dem Zweiten Weltkrieg auf gewisse Weise fortsetzte.

Wenn Borniertheit natürlich auch eine Form von Dummheit ist, darf sie nicht mit mangelnder Geistesschärfe oder gar fehlender Analysefähigkeit verwechselt werden. Nicht nur, dass dadurch das Objekt der Kritik unterschätzt und das eigene Sezierbesteck stumpf wird, es wäre schlicht und einfach nicht zu erklären, wodurch angeblich »dumme« Theorien und ihre Verfasser ihre Bedeutung erhalten, es sei denn, man erkläre deren Anhänger gleichermaßen für dumm. Adorno, der sich gleich mehrfach gegen eine falsche Einvernahme durch Sedlmayr zur Wehr setzen musste,[82] hat dessen problematische Gleichung, dass vermeintlich »schlechte« Kunst auf eine gleichermaßen verfasste Gesellschaft schließen lasse, treffend analysiert, indem er schrieb: »Die Verdunklung der Welt macht die Irrationalität der Kunst rational: die radikal verdunkelte. Was die Feinde der neuen Kunst, mit besserem Instinkt als ihre ängstlichen Apologeten, deren Negativität nennen, ist der Inbegriff des von der etablierten Kultur Verdrängten. Dorthin lockt es. In der Lust am Verdrängten rezipiert Kunst zugleich das Unheil, das verdrängende Prinzip, anstatt bloß vergeblich dagegen zu protestieren. Daß sie das Unheil durch Identifikation ausspricht, antizipiert seine Entmächtigung; das, weder die Photographie des Unheils noch falsche Seligkeit, umschreibt die Stellung authentischer gegenwärtiger Kunst zur verfinsterten Objektivität; jede andere überführt sich durch Süßlichkeit des eigenen Falschen.«[83]

Am besten jedoch analysiert man Sedlmayr aus sich selbst heraus, etwa indem man dessen Anweisung folgt: »Auch beim Surrealismus muß man sich, um ihn wirklich zu verstehen, nicht an seine ›Ideologie‹ halten, sondern an die Praxis.«[84] Als »Anwendung dieses Prinzips« lässt Sedlmayr eine Beschreibung folgen: »Vor einem stahlblauen Himmel stand eine jener in Serien fabrizierten antiken Plastiken aus billigstem Steinguß mit Gipsüberzug, die jeder kennt, der solche Volksparks irgendwo gesehen hat. Aus dem Stumpf des abgebrochenen Arms ragte das sich verzweigende Drahtgestell wie ein bloßgelegtes Aderngeflecht in das wolkenleere Blau. An den Sockel der Statue hatte ein Soldat das abmontierte Rad eines Autos gelegt und sein rotes Halstuch darumgeschlungen, und zwischen den Beinen des Apoll lag auf der Sockelplatte das Abendessen, drei erbeutete Eier. Die bedrückende Schärfe der Nachmittagssonne ließ alles in grausam stählerner Härte und schmerzhafter Plastik erscheinen. Ein Schnappschuß auf Farbfilm hätte im Bruchteil einer Sekunde ein unverkennbares Werk des Surrealismus erzeugt, kein Meisterwerk vielleicht, aber ein Werk nicht schwächer an Erfindung als Dutzende oder auch Hunderte derer, die man in Ausstellungen surrealistischer Maler sieht.«[85] Ich halte hier bewusst vor einem sehr entscheidenden Satz inne, um zuvor die Frage zu formulieren, die ich an die Sedlmayr'sche »Praxis« stellen möchte. Sie stammt aus einer Fußnote eines Textes von Evonne Levy, in der sie u. a.

schreibt: »It is also troubling that Sedlmayr never addressed his wartime activities.«[86] Die Vergangenheit des Kunsthistorikers Sedlmayr, vor allem seine konkret politische, wäre wohl eher unter das Stichwort »Ideologie« und weniger unter seine kunsthistorische Praxis zu rechnen. Wenn ich aber, einmal ganz unabhängig davon, ob ich von Sedlmayrs Aktivitäten während und innerhalb des Nationalsozialismus weiß, dem zitierten Textausschnitt den Satz hinzufüge, der ihn einleitet, nämlich: »Im Sommer 1942 sah ich in einem der typischen Volksparks Rußlands folgendes surrealistisches Bild – in Wirklichkeit:»[87], sowie den Satz, der ihm folgt: »Der Künstler, der diese Kom-Position geschaffen hatte, war der totale Krieg, der auf engstem Raum Unzusammengehörendes zufällig und verstümmelt zusammengebracht, die Dinge ent-stellt und ver-rückt hatte«[88], so lässt sich unschwer erkennen, dass hier »ideologisch« Verschwiegenes zum Bestandteil kunsthistorischer Analyse-Praxis wird, um nicht zu sagen, dass in einer vorgegebenen »objektiven« Beschäftigung mit dem Surrealismus subjektiv Verdrängtes sichtbar wird.

Ein deutscher Kunsthistoriker befindet sich im Sommer 1942 in einem nicht genauer bestimmten russischen Volkspark. Stockt nicht allein hier schon die Lektüre? Kann das, was folgt, überhaupt noch als reine kunsthistorische Einlassung gelesen werden? Liegt der von Sedlmayr beschriebene »surrealistische Effekt« des Ensembles nicht vielmehr in der

Tatsache, dass der Beschreibende ein deutscher Soldat ist? Ein deutscher Soldat, Teilnehmer an der als »Vernichtungskrieg« geplanten »Sommeroffensive« gegen Russland, die in der vorläufigen Besetzung Stalingrads endete, beobachtet einen anderen Soldaten, wahrscheinlich, wie sich am roten Halstuch ablesen lässt, ein Mitglied der sowjetischen Armee. Wird dieser Soldat, so stellt sich die Frage, sein Abendessen, die drei »erbeuteten« Eier, noch zu sich nehmen können? Gegenüber dieser doch scheinbar so neutralen Beschreibung Sedlmayrs nehmen sich die großspurigen »Revolverphantasien« der Surrealisten tatsächlich zunächst einmal wie Kindereien aus. Beinahe ist man versucht, da sich dieser Vergleich nahezu aufdrängt, diesen Überfall der deutschen Armee auf Russland ganz in einer kunsthistorischen Immanenz befangen als »Kunstwerk« zu interpretieren – ähnlich den bereits erwähnten Äußerungen von Picasso oder Stockhausen – und entsprechenden surrealistischen Aktionen gegenüberzustellen, um zu erkennen, dass sich eine etwaige Entsprechung bereits im selben Augenblick als fraglich erweist.

Aber ich möchte meine Analyse der Sedlmayr'schen Praxis damit noch nicht beenden, vielmehr noch etwas genauer auf seine Beschreibung eingehen. Der Himmel ist »stahlblau« und auch die Nachmittagssonne strahlt mit »grausam stählerner Härte« auf die Szenerie. Vom einzigen in der Beschreibung erwähnten Menschen, »ein Soldat«, ist nicht wirklich klar, ob er noch anwesend ist, da nur die Dinge betrachtet werden, die er abgelegt hat. Ob er danebensteht, den Ort verlassen hat, vielleicht sogar fluchtartig oder weil er verhaftet oder gar niedergeschossen wurde, bleibt unklar. In einem literarischen Text könnte man zu Recht Ähnliches vermuten, allein durch Begriffe wie besagte »grausam stählerne Härte« oder »schmerzhafte Plastik«, und vielleicht ließe sich sogar im »Schnappschuß« ein Euphemismus für Fangschuss erahnen. Dann wäre es eine durchaus legitime Interpretation, dieses Bild als die letzte Wahrnehmung dieses Soldaten aufzufassen oder mit den Worten des Kriminalisten als Tatort aus Sicht des Opfers: Noch einmal sieht der Soldat den vertrauten Park, der sich in ein unheimliches *tableau* unterschwelligen Grauens verwandelt, mit einem verstümmelten Apoll, einem funktionslosen Autoreifen, einem Abendessen, das er nicht mehr wird zu sich nehmen können. Sedlmayr könnte hier einem der vielen »unbekannten« sowjetischen Soldaten, die beim deutschen Angriff ihr Leben lassen mussten, ein anrührendes Denkmal gesetzt haben, und das nur, weil er selbst nichts davon wusste, weil es ihm anhand einer mehr oder minder oberflächlich von ihm konstruierten und dem Surrealismus unterstellten Kunstauffassung um eine Rechtfertigung des eigenen Handelns ging, denn »der Künstler«, der dieses Werk geschaffen hat, das war kein Mensch, noch nicht einmal ein Kollektiv, sondern ein Abstraktum, nämlich »der totale Krieg«.

Wenn aber Sedlmayr den Surrealismus immer wieder polemisch als »Sous-realismus« bezeichnet, verweist er dabei nicht – unbewusst – auf das eigene Unbewusste, das er gleich doppelt verdrängen muss, nämlich einmal in seiner Funktion, unliebsame Inhalte gegen den eigenen Willen in das Sprechen (und Schreiben) und Handeln einfließen zu lassen, und einmal in seiner Existenz überhaupt, da er die Theorie der Psychoanalyse ablehnt. Die Surrealisten hingegen, die sich dem Unbewussten »bewusst« anzunähern versuchten, ohne es dabei auflösen zu wollen, setzten es polemisch an die Stelle des Über-Ichs, aus dessen Befehlston heraus Sedlmayr schreibt. Dass er die Kunst des Surrealismus als »mit Absicht ›unrein‹« bezeichnet, ist letztlich von einem Gegensatzpaar (rein/unrein) ausgelöst, das mehr in Sedlmayr selbst als in der Gedankenwelt des Surrealismus vorherrscht; Ähnliches gilt für Begriffe wie »grenzenlose Un-Zucht«[89] u. a. m. Gleichzeitig und ganz so, als würde das nicht seiner ersten Argumentationsebene widersprechen, versucht Sedlmayr dem Surrealismus nachzuweisen, dass er gar kein Surrealismus sei, sondern lediglich eine besondere Form des Realismus. »Was ich hier geschildert habe (*nämlich jene Szene im russischen Park*), ist nichts anderes als ›die Schönheit des zufälligen Zusammentreffens einer Nähmaschine und eines Regenschirms auf einem Operationstisch‹, welche Lautréamont, einer der Väter des Surrealismus, gepriesen hat. Denn auch dieses Zusammentreffen könnte sich als Produkt einer Unordnung, zum Beispiel während der Übersiedlung eines Arztes, durchaus in Wirklichkeit ereignen und brauchte nur ›fotografiert‹ zu werden – mit dem Apparat oder mit dem Pinsel –, um ein surrealistisches Bild zu ergeben.«[90]

Um gegen den Surrealismus zu polemisieren, ist Sedlmayr sogar bereit, eine der grundlegenden Erkenntnisse der Kunstanalyse zu vernachlässigen, nämlich die Erkenntnis, dass ein Kunstwerk eben gerade nicht als Abbildung der Realität, vor der es sich zu legitimieren hat, in einer mimetischen Beziehung gefangen ist. Er stellt sich damit auf eine Ebene, wenn auch aus einer anderen Richtung kommend, mit den »Banausen« aus Realität und Film, denen als erste Reaktion auf ein Kunstwerk die Frage nach seinem Bezug zu einer unreflektiert als außerhalb von sich angenommenen Realität in den Sinn kommt. Es ist deshalb auch nicht weiter verwunderlich, dass Sedlmayr der Auffassung ist, ein Kunstwerk existiere tatsächlich als objektiv gegeben. Eine weitere unbewusste Pointe, die sich aus Sedlmayrs beispielhafter Beschreibung der Szenerie aus dem russischen Volkspark entwickeln lässt, ist die Beziehung zum Krieg. Während Sedlmayr das Kriegsgeschehen und besonders seine ureigene, damit verknüpfte Funktion verschweigt, um den Krieg lediglich entpersönlicht und kontextlos in Form eines kosmischen Wirkens erscheinen zu lassen, übersieht er, dass der Krieg ganz konkret eine entscheidende

Rolle für die Entstehung und Entwicklung des Surrealismus spielte.

Im Februar 1916 lernen sich André Breton und Jacques Vaché im Hospital von Nantes kennen. Breton arbeitet dort als Assistenzarzt, während Vaché als im Krieg verwundeter Soldat dort eingeliefert wird. Die Begegnung der beiden wird zum legendären Gründungsmythos des Surrealismus. Vaché kehrt zurück in den Krieg. Er zeichnet im Schützengraben, skizziert Kampfhandlungen und Alltagsszenen und stellt immer wieder sich selbst in Uniform und mit Monokel dar. Gleichzeitig schreibt er über 150 Briefe an verschiedene Adressaten, wie seine Eltern, Breton, Aragon und Fraenkel. Breton wird diese Briefe später herausgeben, Teile von ihnen in seine *Anthologie de l'humour noir* aufnehmen und ihnen im Laufe der Jahre insgesamt vier Vorworte widmen. Wenn Jacques Vaché somit kein Werk im eigentlichen Sinne hinterlassen hat, so stellte er es in Aussicht und lieferte den entscheidenden Impuls, den Breton in dem Satz zusammenfasste: »Vaché est surréaliste en moi.«

Vaché und Breton hatten beschlossen, nach dem Krieg eine Künstlergruppe ins Leben zu rufen, doch dazu sollte es nicht mehr kommen, da Vaché am Montag, den 6. Januar 1919 im Zimmer 34 des Hôtel de France in Nantes tot aufgefunden wurde. Der herbeigerufene Kommissar des 5. Arrondissements findet beim Betreten des Zimmers folgendes Szenario vor: »Kleidung an einem Kleiderbügel, einen gelben Leinensack, ausgedrückte Zigarettenstummel, eine Holzpfeife, einen Steinguttopf, Tassen, in denen heiße Schokolade war, und zwei nackte Körper auf einem Bett, auf der Seite liegend und mit dem Rücken zueinander. Der eine Körper, der des Artilleriesoldaten Paul Bonnet, der das Zimmer seit zwei Wochen gemietet hatte, ist bereits kalt. Der zweite Körper ist erst vor kurzem verstorben, trotz der ›rhythmischen Massage der Zunge‹ durch den begleitenden Arzt. Es ist der Körper von Jacques Vaché.«[91] Ein nach dem Verständnis Sedlmayrs surrealistisch-realistisches Tableau.

Ob es sich um einen Selbstmord oder einen Unfall durch eine versehentliche Überdosierung von Opium handelte, vermutlich von Vachés Vater entwendet, der es als Souvenir aus Indochina mitgebracht hatte, konnte nie geklärt werden. In einem sehr persönlichen Text mit dem Titel »La Confession Dédaigneuse« gesteht Breton, und das natürlich auch in Hinblick auf Vaché, dass er sich nicht tauglich für den Selbstmord fühle, da er dazu die Begierde überwinden müsse. Er kommt auf die Literatur zu sprechen, zählt die Reihe seiner Vorbilder auf – Rimbaud, Jarry, Apollinaire, Nouveau und Lautréamont – und fügt schließlich hinzu: »es ist jedoch Jacques Vaché, dem ich am meisten schulde. Ohne ihn wäre ich womöglich Poet geworden; er hat das Komplott dunkler Kräfte in mir vereitelt, das einen dazu bringt, sich von so etwas Absurden wie einer Berufung täuschen zu lassen.«[92] Auch wenn sich Sedlmayr nur sehr oberflächlich mit der surrealistischen Ästhetik oder ihren programmatischen und theoretischen Schriften beschäftigt zu haben scheint, wird einmal mehr deutlich, dass er intuitiv erkannte, wie konträr zu seinem eigenen Weltbild sich der Surrealismus bewegte. Etwas wie eine Berufung oder Bestimmung als absurd zu bezeichnen und sich glücklich zu schätzen, von dem Glauben daran befreit worden zu sein, widerspricht nicht nur Sedlmayrs Vorstellung von der Sonderstellung des Künstlers, sondern in gewissem Sinne auch der einer göttlichen Offenbarung, die sich in ebendieser Berufung zeigt. Argumentativ hat Sedlmayr in seiner Kritik des Surrealismus so wenig zu bieten, dass sich der Verdacht aufdrängt, es handele sich um eine Kränkung, die auf dem Feld der Kunstkritik ausgebrannt werden soll. »Die Triebfeder des surrealistischen Irrationalismus ist eine durchaus rationale. Denn er kommt ja nicht aus einer wirklichen Verrücktheit, sondern aus einer absichtlichen, prämeditierten. Übrigens ist schon der bloße Versuch, das Irrationale des Unbewußten im ›reinen‹ Zustand darzustellen, von äußerster Rationalität. Zum abstrakten Prinzip gemacht, ist der Surrealismus (...) die bloße Kehrseite der rationalistischen Irrtümer.«[93] Dem Surrealismus etwaige rationale Ursprünge oder Überlegungen zum Vorwurf zu machen, kann nur einer statisch angelegten Weltsicht entstammen, die sich bestenfalls auf die göttliche Vorsehung berufen mag und ein dialektisches Denken ausschließt. Sedlmayrs Mitte liegt zwischen Surrealismus, der ihm »immerhin menschlich begreiflich« ist, und dem Rationalismus einer technisierten Welt. Wie am Beispiel von Krieg und Nationalsozialismus deutlich wurde, setzt Sedlmayr, was innere Widersprüche angeht, auf Verdrängung, während der Surrealismus auf einer Offenlegung beharrt. Wenn Sedlmayr schreibt: »Genausogut wie in der Außenwelt kann man das ›konkrete Irrationale‹ im eigenen Inneren finden, ja besser noch, da die Natur und die Maschinenwelt, auch noch die ›denaturierte‹ der Kombination gewisse Grenzen setzt«[94], wird deutlich, dass die Arbeit mit unbewussten und widersprüchlichen Prozessen, das, was er unter dem Begriff »irrational« zusammenfasst, für Sedlmayr nur äußerlich wie eine harmlose Spielerei wirken mag, während er dahinter die Abkehr vom Zentrum der göttlichen Ordnung erkennt. Betrachten wir demgemäß das Szenenbild von Rohns Zimmer, so öffnet sich ein solches *tableau* ohne Zentrum, mehr noch, in der angenommenen Mitte findet sich der »Hausner« platziert, in dessen Orkus die letzten Versuche einer Rückfindung zur harmonischen Ordnung wie in einem schwarzen Loch verschwinden. Die Frage, weshalb es aber oft gerade die streng geordneten – und nicht selten auch von Gott geführten – Gesellschaften sind, die in regelmäßigen Abständen einen Hang zu unfassbaren Gräueltaten entwickeln, obwohl doch gerade bei ihnen angeblich alles »an seinem Platz« ist, wird von Sedlmayr nicht gestellt, geschweige denn beantwortet. Dass er diese Haltung keine zehn Jahre nach dem Zusammenbruch eines Systems vertritt, das Irrationalismus und Rationalismus auf beängstigende Weise in einer »Mitte« zusammenführte, lässt sich beim besten Willen nicht anders als eine versteckte Form der Rechtfertigung dieses Systems interpretieren.

In einer Rede vom 1. Juni 1934, die André Breton in Brüssel bei einer Veranstaltung belgischer Surrealisten hielt, blickt er auf die fünfzehnjährige Geschichte des Surrealismus zurück und teilt sie in zwei Epochen ein, nämlich von 1919 bis 1924 und von 1925 bis zur Gegenwart des Jahres 1934. Die erste Epoche bezeichnet er als »rein intuitive«, die zweite als Epoche der Reflexion, die sich nicht länger mit den Resultaten zufriedengibt, die aus Praktiken wie »automatischem Schreiben, Traumberichten, improvisierten Vorträgen, Gedichten, Zeichnungen oder spontanen Aktionen«[95] entstehen. Breton führt im Weiteren die eindeutige Haltung des Surrealismus gegenüber dem Krieg, den er verneint, und der Revolution, die er bejaht, aus und kommt interessanterweise auf einen Typus der Kritik zu sprechen, wie er von Sedlmayr vertreten wird: »Meine Absicht ist es, den *Hass gegen das Wunderbare* zurückzuweisen (›faire justice de la *haine de merveilleux*‹), der unter manchen Menschen grassiert, diese Lächerlichkeit, mit der sie das Wunderbare zu Fall bringen wollen. Sagen wir es deutlich: das Wunderbare ist immer schön, gleichgültig welches Wunderbare, es ist überhaupt allein das Wunderbare, das schön ist. Bewundernswert am Phantastischen ist die Tatsache, dass es nicht phantastisch, sondern als einziges real ist.«[96] Die Argumentationen von Sedlmayr und Breton scheinen sich auf den ersten Blick zu ähneln und sich allein in der anschließenden Wertung zu unterscheiden. Tatsächlich aber stehen sich hier zwei völlig unterschiedliche Denkweisen gegenüber, vor allem konträre Ansichten zur Bedeutung und Funktionsweise von Kunst. Sedlmayr würde sagen: Das Phantastische in der Kunst lässt sich deshalb nicht zur Erschließung einer dahinterliegenden Wahrheit verwenden, weil die Realität in der Lage ist, jederzeit eine vergleichbare Phantastik zu produzieren, wir also die Oberfläche nicht durchstoßen, nicht hinter die Dinge schauen, weshalb die Kunst die Realität nicht durch das Chaos angreifen, sich vielmehr der göttlichen Geometrie der Schöpfung durch Nachahmung annähern sollte. Breton hingegen bezeichnet das Phantastische als das Reale (»le réel«). Er spricht damit nicht länger von einer vermeintlichen Realität als Maßstab der Kunst, sondern vom Realen, das Lacan, der stark vom Surrealismus beeinflusst und unter anderem mit Breton und Dalí befreundet war, als das bezeichnet, was weder symbolisch noch imaginär zu erfassen ist, sich folglich nur offenbaren kann – zum Beispiel im Phantastischen, das womöglich auch deshalb schön ist, weil es die Wahrheit zeigt.[97]

Wenn ich mich relativ ausführlich mit Sedlmayr beschäftigt habe, so nicht allein aus dem Grund, seinen noch vorhandenen Einfluss auf die bürgerliche Kunstrezeption der 1970er Jahre zu illustrieren, sondern um mich über die Gedankenwelt Sedlmayrs, der in gewisser Weise ein Gesetzeshüter der Kunst ist, der des Autors sämtlicher *Derrick*-Folgen, Herbert Reinecker, zu nähern. Reinecker, 1914 geboren, gehört zwar einer anderen Generation an als der 1896 geborene Sedlmayr, teilt aber mit diesem eine Reihe von Erfahrungen, darunter nicht zuletzt die Mitgliedschaft in der NSDAP. Während der Österreicher Sedlmayr gleich zweimal in die NSDAP eintrat, nämlich am 7. November 1930 (Austritt im Oktober 1932) und am 1. Mai 1938, nach dem Anschluss Österreichs an das Deutsche Reich, war Herbert Reinecker zwar erst ab dem 1. November 1943 NSDAP-Mitglied, jedoch bereits seit April 1932 Mitglied der Hitlerjugend sowie drei Jahre später hauptamtlicher Mitarbeiter des Presse- und Propagandaamtes der Reichsjugendführung. Als Kriegsberichterstatter der Waffen-SS nahm er an Feldzügen gegen Rumänien und die Sowjetunion teil, wurde 1942 Hauptschriftleiter der HJ-Zeitschrift *Junge Welt* und verfasste bis einen Monat vor Zusammenbruch des nationalsozialistischen Regimes Leitartikel für *Das schwarze Korps – Zeitung der Schutzstaffeln der NSDAP – Organ der Reichsfüh-*

rung der SS.[98] War Sedlmayrs Einfluss auf die kleinbürgerliche Welt der Nachkriegszeit eher eine indirekte, so prägte Reinecker das Fernsehen ab den 1960 Jahren bis quasi zum Ende der BRD. Bereits in den 1950er Jahren verantwortlich für allerlei »Straßenfeger« und Edgar-Wallace-Filme, die er anfänglich wegen Schreibverbot unter dem Pseudonym Alex Berg verfasste, war er zusammen mit dem Produzenten Helmut Ringelmann (1926–2011) 1963 bei der Gründung des ZDF federführend und belieferte den Sender mit den Büchern für mehrere hundert Fernsehfilme.

1990 veröffentliche Reinecker einen »Zeitbericht unter Zuhilfenahme des eigenen Lebenslaufs«, der zwei Jahre später in einer überarbeiteten Fassung unter dem Titel *Die Illusionen der Vergangenheit – Ein persönlicher Zeitbericht* erschien. Der Titel ist durchaus programmatisch zu verstehen, denn wenn Sedlmayr den Nationalsozialismus ganz allgemein verschweigt, um erst gar nicht in Versuchung zu geraten, über die eigene Vergangenheit nachdenken zu müssen, so findet sich bei Reinecker der Nationalsozialismus mit all seinen Gräuel ganz im Gegenteil auf beinahe jeder der gut 300 Seiten seiner Erinnerungen, allerdings auch hier nicht in einer wirklich persönlichen Bearbeitung, sondern in einer Flucht ins Allgemeine, eben jenen »Illusionen«, die sich am Ende zwar als Schimären eines Irrglaubens entpuppten, denen anzuhängen jedoch mehr als verständlich war. Dem Text ist ein Zitat von Ernst Jünger vorangestellt: »Es wäre mir unmöglich, für meine Person die starke Anteilnahme aufzubringen, deren Vorhandensein ich nicht leugnen kann, wüßte ich nicht, daß mein Grunderlebnis das für meine Generation typische Erlebnis ist, eine an das Zeitmotiv gebundene Variation. Aus diesem Bewußtsein heraus meine ich auch, wenn ich mich mit mir beschäftige, nicht eigentlich mich, sondern das, was dieser Erscheinung zugrunde liegt, und was somit in seinem gültigsten und dem Zufall entzogensten Sinne auch jeder andere für sich in Anspruch nehmen darf.«[99] Reinecker bezieht aus dieser Stellungnahme Jüngers die Legitimation, genau umgekehrt das Persönliche, da es ja ohnehin für eine Generation steht, immer wieder ins Allgemeine hinein aufzulösen, um sich dahinter wie hinter einem Schutzwall zu verbergen. Wie Sedlmayr spricht er personalisiert vom »Krieg«, der sich mal »schlafen legt«, dann wieder »wütet« usw. Zwar ist von Leid, nie aber von Angriff oder Vernichtung von deutscher Seite die Rede. Hitler ist »wütend über die Kriegsunwilligkeit der Deutschen«[100], die er erst mithilfe des Frankreichfeldzugs auf seine Seite bringen kann. Reinecker scheut weder vor verherrlichendem Vokabular zurück, wenn er die, dummerweise verführte, Jugend als »lächelnd, stolz, selbstbewußt« und »mit jenen offenen Gesichtern, die Mode waren«[101], beschreibt, noch hat er Hemmungen den 30. Januar 1933 mit Begriffen wie »Glaubenwollen, Überhitzung von Gefühl, Euphorie, Rausch, Taumel«[102] zu relativieren. Ansonsten ist alles im (»Schand«-)Vertrag von Versailles begründet: »Reichskanzler Scheidemann las den Text und sagte, fast weinend: Ein befristetes Todesurteil für Deutschland. Was hatten wir jetzt getan, zwanzig Jahre später? Wir hatten ihnen das Todesurteil zerrissen zurückgegeben.«[103] Selbst ein Vernichtungskrieg mit unzähligen Opfern ist dadurch gerechtfertigt. Im Grunde wäre alles in bester Ordnung, gäbe es da nicht noch »die Judentötung als Programm. Eben dies, fast nur dies, wird auf immer verhindern, daß die Kriegsvorgänge im Zweiten Weltkrieg als normale geschichtliche Vorgänge halbwegs zur Ruhe kommen. Ich wiederhole es, eben dies, fast nur dies wird wie ein Feuer sein, das nicht ausgehen wird.«[104] Und weil ihn dieser Umstand so umtreibt, wiederholt Reinecker es wenige Zeilen später noch ein weiteres Mal beinahe wörtlich: »Dies, fast nur dies hat uns die *Normalität der Geschicht*e genommen, jene Normalität, die die Geschichte für fast alles bereithält. Nur dies nicht.«[105] Es ist mit einem Wort »der Verlust der Mitte«, den Reinecker beklagt, auch wenn er selbst verschuldet sein mag, denn es geht ihm nicht um die Singularität der Tatsache als Anerkennung für die Opfer, sondern um die daraus resultierenden Folgen für die Täter, denen die »Normalität« genommen wurde.

Ein wichtiger Aspekt dieser bornierten und gleichermaßen ignoranten Haltung besteht darin, dass

Begriffe wie Normalität als gegeben angenommen und nicht hinterfragt, gar analysiert werden. So ist ganz natürlich, dass bei Sedlmayr, wie auch bei Reinecker, ein Ressentiment der Psychoanalyse gegenüber eine nicht geringe Rolle spielt. Das analytische Besteck, vor dem man sich unter Umständen selbst zu fürchten hätte, wird in Bausch und Bogen abgelehnt, auch wenn man es selbst hier und da benutzt. Borniertheit heißt ja gerade, es gibt überall um mich herum nur Randphänomene, vor allem aber: über mir existiert nichts. Die Mitte ist eine Mitte des Throns, um den sich Randerscheinungen scharen mögen, zu dessen Füßen der »Sous-realismus« besiegt liegt und über dem nichts anderes existiert als die Verbindung zum Göttlichen, diesem Göttlichen, das allen anderen abhandengekommen ist und das man allein aus der Position der Mitte wahrnehmen kann. Heidegger hat diese irrige Konstruktion in seinen »Schwarzen Heften« treffend analysiert: »Man redet jetzt vom Verlust der Mitte und bedenkt nicht, daß die Mitte schon der Verlust ist – nämlich die Folge bereits und so die Verhärtung der ereigneten Vergessenheit des Seins«[106], heißt es im Jahr 1949 parallel zum Erscheinen von Sedlmayrs berühmtem Werk. Und Ende der 1950er Jahre: »Wie könnte der Mensch jemals schon ›die Mitte‹ verloren haben, wenn er noch niemals in sie als das Eigentum eingekehrt ist, nicht einmal das Wesende der Mitte sinnend erfahren – und die denkende Sage gebracht hat?«[107]

Hatte ich meine Beschäftigung mit *Derrick* und *Hausner* unwillkürlich unter einem Blickwinkel des »Camp« begonnen, indem ich zuerst die *Derrick*-Folge mit Anführungszeichen[108] versah und sie aus ihrem Umfeld der Abendunterhaltung in den Kontext der ernstzunehmenden Kunst »erhob«, um etwas Ähnliches mit dem für mich auf den ersten Blick »überholten« Gemälde Hausners zu tun, musste ich feststellen, dass diese Anführungszeichen meinen Blick für die tatsächlich in beiden vorhandenen künstlerischen Qualitäten geöffnet hatten und ich eine Symbolsprache erkennen konnte, die mir ansonsten verborgen geblieben wäre. Oder war der Vorgang noch etwas komplexer? Wenn ich von der These Horst Bredekamps ausgehe, dass die Reproduktion eines Kunstwerks dessen Aura keineswegs zerstört, sondern vielmehr eine eigene Aura entwickelt, die auf das Original verweist, ich diese Reproduktion also als eigenständiges Werk in ihrem Kontext ernst nehmen muss,[109] so mussten auch die Produzenten des *Derrick* das von ihnen eingesetzte Gemälde Hausners insofern »ernst nehmen«, als es über die von ihnen womöglich intendierte Symbolik innerhalb des Films hinaus eine auf das Original verweisende Aura entwickelte, die nicht nur auf die späteren Betrachter des Films wirken würde, sondern auch auf die Produzenten selbst. Ist folglich, so meine Frage, der künstlerische Ausdruck des Films letztlich auf eine auratische Wirkung des »Hausner« zurückzuführen? Das würde meiner Beobachtung in

Bel-Ami und *Scarlet Street* entsprechen, deren Bildsprache in Teilen die Bildsprache der von ihnen verwendeten Gemälde aufgreift.

Die Schlüsselszene, in der der kurz zuvor überfallene Seibach Rohn in dessen Wohnung zur Rede stellt, es schließlich zum Kampf und Seibachs Ermordung kommt, ist mit Gesten aus der christlich-klassischen Ikonographie angefüllt. Als Erstes zeigt Seibach in der erhobenen Faust der rechten Hand, die den von ihm am Tatort gefundenen Kugelschreiber umschlossen hält, das Indiz wie der Priester die erhobene Hostie. Dann hebt er die offene linke Hand mit der Handfläche zu Rohn in der Geste, mit der Christus nach der Auferstehung – oder später auch die entsprechend von Stigmata gezeichneten Heiligen – die von dem Nagel am Kreuz verursachte Wunde vorzeigt. Auf Seibachs Handteller ist statt der Wunde das von ihm selbst mit dem Kugelschreiber gezeichnete Kreuz zu sehen. Er schiebt die Hand in Richtung von Rohn, bis nur noch sie und Rohns Gesicht zu sehen sind, sodass es theoretisch auch Rohns eigene Hand sein könnte, auf die er blickt. Rohn und Seibach umkreisen sich in einer Sprache der Körpersymbolik und wechseln beständig, indem einer der beiden sich setzt oder hockt, die Größenverhältnisse in Bezug zueinander. Gleich zu Beginn der Begegnung sinkt Seibach enttäuscht und erschöpft auf einen Stuhl, was an das van-Gogh-Bild *Trauernder alter Mann* aus dem Jahr 1890 erinnert. Sodann rafft er sich auf und hält Rohn dessen

(11) Standbild aus: *Nur Aufregungen für Rohn*, min. 14:53.

blassgrüne Jacke hin, weil er ihn zur Polizei bringen will. Als Rohn sich weigert, mitzukommen, lässt Seibach die Jacke auf die herausgezogene Schublade mit dem Geld sinken. Rohn wird nach dem Mord diese Jacke über Seibachs Gesicht legen. Selbst tragen wird Rohn diese Jacke erst in den letzten zehn Minuten des Films, nachdem Derrick ihm auf den Kopf zugesagt hat, dass er ihn für den Mörder hält, es nur noch nicht beweisen kann. Rohn gibt durch das Tragen der zuvor mit Seibach konnotierten Jacke zu erkennen, dass er sich geschlagen gibt, denn Derrick kann ihn bis zum Ende nichts nachweisen, würde Rohn nicht der Schlüssel zum Schließfach beim Anziehen aus ebendieser Jacke herausfallen.

Das künstliche elektrische Licht spielt in dem beinahe leeren, mal als Traumstatt, mal als Gefängnis zu deutenden Wohnhaus vor allem als unkontrollierbare Zeitschaltuhr des Treppenhauses eine dramaturgische Rolle, denn es ist Stellvertreter für denjenigen, der dieses im Panoptikon stattfindende Spiel beobachtet und womöglich auch auf gewisse Weise kontrolliert. Immer wieder verlöscht das Flurlicht unerwartet und taucht die gerade noch miteinander Sprechenden in ein gemeinsames Dunkel, das sie gleichzeitig isoliert. Bewegen sich Figuren allein im Treppenhaus, so hat das plötzliche Verlöschen des Lichts durch die Zeitschaltuhr denselben Effekt, den plötzlich aufflammende Scheinwerfer auf einem nächtlichen Gefängnishof haben: die Betreffenden fühlen sich ertappt und werden für einen Moment aus ihrem unbewussten Handeln in ein Selbstbewusstsein gerufen. Die Lampe mit dem dilettantisch gefertigten Stoffschirm über dem Küchentisch bei Seibachs ist den Menschen bei ihrer Kommunikation genauso im Weg wie die Deckenlampe mit Perlenfransen in Rohns Zimmer. Eine besondere Rolle spielen allerdings Schreibtischlampen in verschiedenen Ausführungen, die schon bald wie Augen auf den Beschuldigten gerichtet sind und in Abwesenheit der Ermittler diese vertreten. Durch den Kampf zwischen Rohn und Seibach, als sich Seibach verzweifelt an die orangene Schreibtischlampe klammert, während er von hinten gewürgt wird, wurden sie, ähnlich dem Besen im »Zauberlehrling«, zum Leben erweckt und als Hilfspersonal der Ermittler verdingt. Wie Rohn Seibach von hinten packt, so packt dieser die Lampe, reißt sie aus ihrer Verankerung und kämpft mit dem nun durch die Wohnung flackernden und den Blick des Zuschauers überblendenden Lichtschwert gegen die Mächte der Finsternis. Zwar wird Seibach besiegt, doch die Schreibtischlampe ist von nun an inquisitorische Beobachterin in Rohns Zimmer, die deshalb auch oft wie eine Dopplung der Kamera und zusammen mit dieser auf Rohn schaut. Gleich drei metallic blaue Schreibtischlampen sind in Derricks Büro auf dessen Schreibtisch für eine Gegenüberstellung aufgebaut. Mit ihnen werden Rohn und die »Füllpersonen« geblendet, damit sie die dahinter sitzende Verkäuferin nicht erkennen können.

Rohn wird genau zwischen den Schirmen von zwei von ihnen platziert, und da er als Einziger der Anwesenden eine blaue Strickjacke trägt, bildet sich ein Dreieck zwischen den Lampen und ihm. Nach ihrer Arbeit stehen zwei der Lampen ausgeschaltet und mit gesenktem Kopf gegenüber Derrick und Klein, als würden sie sich gerade zu viert beraten. Und selbst wenn Rohn in Strümpfen auf den Speicher schleicht, ist er dort nicht allein, weil hier der Schirm eines alten Heizstrahlers sein Tun observiert.

Der Höhepunkt symbolischer Bildsprache aber findet sich am Ende des Films, der verschiedene im Verlauf der Handlung etablierte symbolische Gesten und Gegenstände zusammenführt. Alle Bewohner des Hauses, Seibachs Tochter und Sohn, Rohn, sowie Derrick und Klein befinden sich im Flur vor Rohns Wohnung. Rohn zieht seine grüne Jacke an, wobei etwas auf den Boden fällt. Es wird kurz der auf dem Boden liegende Schließfachschlüssel gezeigt, auf den sich unmittelbar ein schwarzer Schuh stellt. Das Flurlicht verlöscht. Rohn bückt sich, und erst in dem Moment wird klar, dass es sein eigener Fuß war, Rohn also die schwarzen Stiefel trägt, die er auch beim Überfall anhatte. Derrick greift dem gebückten Rohn in den Arm, so als wollte er dem Gestrauchelten aufhelfen, entwindet ihm den Schlüssel und hält ihn mit dem Bart nach oben, sodass er die Anmutung eines silbernen Kreuzes erhält, zwischen den ausgestreckten Fingern und dem Daumen vor Rohn, als wäre er im

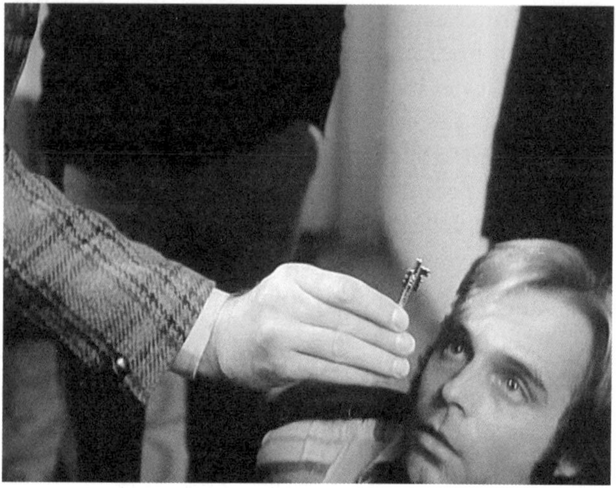
(12) Standbild aus: *Nur Aufregungen für Rohn*, min. 57:15.

Begriff, den Knienden zu segnen. Langsam geht Derricks Hand mit dem Schlüssel nach oben und Rohns Kopf folgt ihr, bis er wieder aufrecht steht. Hier doppelt sich nicht nur die Bewegung, mit der Seibach nach dem Überfall den Kugelschreiber mit der grünen Mine langsam vom Boden aufhebt, sondern auch die filmische Einstellung, in der er wenig später diesen Stift Rohn präsentiert, sodass man auch jetzt allein Derricks Hand vor Rohns Gesicht sieht, es wiederum auch Rohns eigene Hand sein könnte, er den vorgeführten Beweis also im wahrsten Sinne des Wortes »begreift«. Die Überführung ist eine Konversion, die Rohn zwar seiner Strafe zuführt, aber gleichzeitig aus seinem bisherigen kindlichen, unbewussten und ohnehin eingekerkerten Leben in dieser Traumwelt befreit. Bedauerlicherweise endet der Film nicht mit dieser Szene, da noch kurz der Polizeieinsatz am Münchener Hauptbahnhof nachgeschoben wird, bei dem das Schließfach geöffnet und das erbeutete Geld gefunden wird, beinahe so, als hätte die symbolische Ebene wieder in einen plumpen, weil unnötigen Realismus überführt werden müssen, um die dem Freitagabend-Fernsehpublikum kurzzeitig zugemutete kathartische Wirkung zu neutralisieren.

Jetzt, am Ende meiner Beschäftigung mit *Derrick* und dem *Forum der einwärtsgewendeten Optik*, stellt sich mir eine Frage, die ich nicht so ohne Weiteres beantworten kann: Habe ich nun in die Objekte meiner Betrachtung etwas hineingelegt oder etwas aus ihnen herausgelesen? Dass Kunst, wie das Gemälde von Hausner, sich immer wieder über die Zeiten hinweg wechselnden Interpretationen zu unterziehen hat, ist ein recht gewöhnlicher Vorgang innerhalb der Kunstgeschichte, wie aber steht es mit einem Fernsehfilm, der vermutlich ohne einen besonderen Kunstanspruch hergestellt wurde? Dass der fehlende Anspruch nichts mit dem ästhetischen Wert eines Werks zu tun hat, wird hier unmittelbar deutlich. Aber wie gerecht werde ich einem Werk, wenn ich es auseinandernehme und in seine Einzelteile zerlege, wenn ich die Bewegung des Films einfriere, um einzelne Bilder zu gewinnen, die Geschwindigkeit und damit ein wesentliches Ausdruckselement, nämlich das der Dynamik herausnehme, um überhaupt zu den Betrachtungen gelangen zu können, die ich angestellt habe? Eine Betrachtungsweise, die mir in der Zeit, aus der dieser Film stammt, gar nicht möglich gewesen wäre, da ich ihn nur ein einziges Mal hätte sehen können und auf den Zufall einer, wiederum einzigen Wiederholung in einigen Jahren hätte warten müssen. Jetzt habe ich nicht nur die Möglichkeit, mir diesen Film so oft, wie ich möchte, und in jeder gewünschten Geschwindigkeit auf Youtube anzusehen, ich kann auch sekundengenau an einer beliebigen Stelle anhalten und das sich ergebende Bild eingehend studieren. Ich werde damit in gewisser Weise zum Ermittler und rücke diese *Derrick*-Folge durch meine »Bearbeitung« in die Nähe des

Zapruder-Films.[110] Das Erstaunliche aber ist, dass ich mich durch diese verzögerte Rezeption nicht eines Genusses beraube, sondern mir diesen im Gegenteil erst verschaffe. Man möge mir meine Euphorie nachsehen, aber die Schlussszene mit der durch die Hand mit dem Schlüssel geführten Bewegung des Aufrichtens der Figur, deren Qualen ich eine Stunde lang verfolgt habe, hat mich ähnlich intensiv bewegt, wenn auch auf ganz andere Weise, wie zum Beispiel das Ende von *Les Quatre Cents Coups*[111] oder *The Graduate*[112]. Vielleicht gilt es, eine neue Theorie der Katharsis zu entwickeln, die von allen Elementen der Plötzlichkeit und des Schocks befreit ist, da diese ohnehin überhandgenommen und sich dadurch abgenutzt haben. Stattdessen könnte eine Katharsis wirksam werden, die aus der Versenkung und den kreisenden Bewegungen des Suchens entsteht, mit denen der Blick langsam das Objekt durchdringt und sich in einer einwärtsgewendeten Optik nach innen richtet.

ENDNOTEN

(1)
Jutta Held, »Political Action and ›Paranoid-Critical‹ Analysis: The Mother Image in Max Lingner and Salvador Dalí«, in: Oxford Art Journal, Vol. 19, No. 2, 1996, S. 67.

(2)
Ebd., S. 68.

(3)
Peter Trawny, *Hitler, die Philosophie und der Hass,* Berlin 2022, S.72.

(4)
Picasso soll den Anblick von Militärfahrzeugen in Tarnfarben als »reinen Kubismus« bezeichnet haben, was bedeutet, dass diejenigen, die ihn herstellten und vorführten, zumindest als »intuitive Kubisten« bezeichnet werden könnten. Siehe Hans Belting, *Das unsichtbare Meisterwerk,* München 1998, S. 394 f. Stockhausen hingegen sieht die Attentäter vom 11. September eher als reproduzierende Künstler, die »zehn Jahre üben, total fanatisch, für ein Konzert, und dann sterben. Und dann werden 5000 Leute in die Auferstehung gejagt.« Wer diesen »Künstlern« allerdings die Partitur verfasste, übergeht Stockhausen mit derselben Nonchalance, mit der er verschweigt, dass die Grundbedingung der Auferstehung der Tod ist. Als letztes Beispiel, und weil ich später noch auf ihn kommen werde, wäre noch die apologetische Haltung von Johannes Stüttgen gegenüber der Kriegsbegeisterung von Beuys zu erwähnen, der sie als »plastische Kraft« interpretiert, die sich »im Laufe seines Lebens immer mehr ins Bewusstsein hineintransformiert« habe, was Albert Markert mit der Bemerkung kommentiert, dass Stüttgen »genaugenommen (...) in Bombenabwürfen auf Menschen, also Mord, und Zerstörung von Städten und Natur eine plastische Kraft« sehe.

(5)
In diesem Zusammenhang ist es vielleicht nicht ganz uninteressant eine Erinnerung zu erwähnen, die Dalí aus seiner Kindheit berichtet. Seine Mutter habe ihn vor einer giftigen Pflanze mit Namen *Lait de Sainte Thérèse,* gewarnt, eine Pflanze, die gleichzeitig in richtige Dosierung die männliche Potenz steigert. Siehe Held, S. 68.

(6)
Held, *Political Action,* S. 69.

(7)
Auch Freud konnte mit dem Surrealismus wenig anfangen und hielt Dalí, Breton und andere Surrealisten, die den Kontakt zu ihm suchten, auf Distanz.

(8)
Umberto Eco, *Derrick oder die Leidenschaft für das Mittelmaß,* übersetzt von Burkhart Kroeber, München 2000, S. 91–94.

(9)
Es gibt einen ästhetisch nachweisbaren Unterschied zwischen den 39 *Derrick*-Folgen, die von Oktober 1974 bis Oktober 1977 ausgestrahlt

wurden, und den restlichen 242, also dem weitaus größeren Teil, wobei der Schnitt natürlich nicht genau nach Folge 39, dem Ende der dritten Staffel, verläuft, sondern sich über die ca. 20 nächsten Folgen hinzieht; wollte man es ganz genau nehmen, könnte man auch die ersten 39 Folgen noch einmal nach stilistischen Kriterien unterteilen.

(10)
Hermann Hakel, »Gespräche mit den Künstlern«, in: *Malerei des phantastischen Realismus – Die Wiener Schule*, Wien 1972, S. 52.

(11)
Vor allem in Zeichentrickfilmen erlauben sich die Hersteller immer wieder solche Eingriffe, etwa indem sie die in der Regel sittsamen Figuren obszön kontextualisieren. Bereits im ersten der »*Three Little Pigs*-Zeichentrickfilme« von Walt Disney aus dem Jahr 1933 taucht ein solches subversives Element auf. Auch hier handelt es sich um ein Bild, das im Wohnzimmer aufgehängt ist und den Vater der Schweinchen darstellen soll, wie der Bildlegende zu entnehmen ist. Zu sehen ist auf dem Gemälde allerdings keine Figur, vielmehr eine Kette von Würsten. Dass in der *Columbo*-Folge »Fade in to Murder« aus dem Jahr 1976, in der William Shatner den Fernsehdetektiv Ward Fowler spielt, in dessen Wohnzimmer hinter der Couch ein gerahmtes Foto von Shatner als Captain Kirk steht, ist bereits bewusst verstecktes Futter für TV-Junkies, während es unklar bleibt, warum in Andy Taylors Wohnzimmer in der *Andy Griffith Show* ab der zweiten Staffel der Hirschkopf über dem Kamin verschwand und ein kleines gerahmtes Bild durch eine größere Reproduktion von Millets *Angelus* ersetzt wurde. Es sei denn, man wendet die Methode Dalís an und bringt den Millet mit der Tatsache in Zusammenhang, dass Taylor als Waise bei seinen Eltern aufwuchs und er selbst seine Frau kurz nach der Geburt seines einzigen Sohnes, Opie, verlor. Denn es erscheint seltsam, dass Griffith über viele Folgen hinweg den über das Grab hinaus treuen Witwer spielt, ohne dass in seiner Wohnung auch nur eine Kleinigkeit an seine verstorbene Frau erinnern würde – es sei denn ebenjener Millet.

(12)
Vgl. etwa Adrian van der Spelts *Blumenstilleben mit Vorhang* (1658). Indem die Gardinenstange, an der der Vorhang zur Seite gezogen wurde, über die gesamte obere Längsseite des Gemäldes geht, wird in Form einer Rahmung auf das Bild als solches verwiesen.

(13)
Gertrude Stein, *Jedermanns Autobiographie*, übersetzt von Anne-Marie Stiebel, Frankfurt a. M. 1996, S. 344.

(14)
Ebd., S. 345.

(15)
Gertrude Stein, *Autobiographie von Alice B. Toklas*, übertragen von Elisabeth Schnack, Leipzig/Weimar 1981, S. 15.

(16)
Cornelis Norbertus Gijsbrechts war ein Meister in dieser Kategorie, siehe unter anderem *Staffelei mit Früchtestillleben* von 1672, das ein Bild auf einer Staffelei zeigt, an deren Fuß ein mit der Rückseite zum Betrachter gewendetes Bild steht, oder eben *Rückseite eines Gemäldes* von 1670, das zusätzlich darauf aufmerksam macht, dass auch die Rückseite eines Rahmens etwas einfasst.

(17)
Belting, *Meisterwerk*, S. 395.

(18)
Der Schauspieler, der diesen Kommilitonen verkörpert, ist der ehemalige Kinderstar Michael Ande, der Mitte der 1960er Jahre durch den Fernseh-Mehrteiler *Die Schatzinsel* bekannt wurde und drei Jahre nach seinem Auftritt bei *Derrick* die Rolle des Kriminalassistenten Gerd Heymann in der Krimiserie *Der Alte* übernahm, die er 39 Jahre, von der ersten Folge »Die Dienstreise« (Regie: Johannes Schaaf) vom 11. April 1977 bis zur Folge 403 »Paradiesvogel« vom 8. April 2016 innehatte.

(19)
Rudolf Kimmig-Goltz, *Surrealistische Malerei*, München 1972, S. 6.

(20)
In diesem Zusammenhang erscheint mir der Ausdruck »Schindluder« beinahe wie selbst dem Surrealismus entnommen. »Schindluder treiben« wäre dann eine bewusst ausgeführte künstlerische Praxis und vielleicht der einzige Ausweg, der kommerziellen Vereinnahmung zu entkommen. Die Eindeutschung des *cadavre exquis*.

(21)
Ebd., S. 31 f.

(22)
Helmut Heißenbüttel in: Albert Paris Gütersloh, *Sonne und Mond*, München 1991, S. VIII.

(23)
Einen ganz anderen Geist vermittelt da die dtv-Ausgabe des Wörterbuchs aus dem Jahr 1970, die von Piatti gestaltet zwischen abstraktem Expressionismus und Décollage changiert.

(24)
Albert Paris Gütersloh, »Zum Geleit«, in: *Malerei des Phantastischen Realismus – Die Wiener Schule*, Wien 1972, S. 11.

(25)
Marcel Proust, *Sodom und Gomorra*, Bd. 2, übersetzt von Eva Rechel-Mertens, Frankfurt a. M. 1982, S. 445.

(26)
Nach dem Vorspann wird der Film mit der Einblendung eröffnet: »This is the history of a scoundrel. The time is 1880, and the place is Paris.«

(27)
Einflussreicher New Yorker Galerist, der 1942 die von Breton und Duchamp kuratierte Ausstellung »First Papers of Surrealism« organisierte.

(28)
Ivan Albright schuf ein phantastisches Wimmelbild mit plastisch hervortretenden Formen und Körperteilen, das allerdings stilistisch stark an die bildnerische Umsetzung des »Pictures of Dorian Gray« erinnerte, das er für Albert Lewins gleichnamigen Film geschaffen hatte, der damals gerade in den Kinos lief. Leonora Carrington bearbeitete die Versuchungsszene traumhaft allegorisch und durchsetzt mit einer tiefgründigen Symbolik: Der Heilige sitzt überlebensgroß in einem weißen Gewand, das sich wie eine aufgebrochene Eierschale um ihn legt, an einem Fluss, der nicht nur einem Krug entspringt, den eine Frau mit Widderkopf hält, sondern an dem sich ausschließlich Frauen, die mit verschiedenen Zeremonien beschäftigt sind, aufhalten. Auch wenn die Thematik hier nicht direkt erotisch interpretiert wird, wie in dem Gemälde Dorothea Tannings, in dem sich der Umhang des Heiligen in einer Windhose auflöst, aus der nackte Frauengestalten erscheinen, oder dem Bild von Paul Delvaux, in dem ebenfalls nackte Frauen den an den unteren rechten Bildrand gedrängten Antonius bedrängen, so steht doch das Geschlechterverhältnis im Mittelpunkt.

(29)
Guy de Maupassant, *Bel-Ami*. Roman [1885], übers. v. Hermann Lindner, München 2017, S. 343.

(30)
Als Maler dieses Gemäldes wird ein gewisser Karl Marcowitch genannt. Vorbild war für Maupassant der Maler Mihály Munkácsy (1844–1900), dessen *Le Christ devant Pilate*, unter ähnlichen Verhältnissen wie von Maupassant beschrieben, 1881 ausgestellt wurde und zum Ereignis für »Tout-Paris« wurde. Maupassant, *Bel-Ami*, Buch II, Kapitel 7, Anmerkung 2.

(31)
Guy de Maupassant, Bel-Ami. Roman [1885], übers. v. Hermann Lindner, 4. Aufl. München 2017, S. 344.

(32)
Tatsächlich ist das Gemälde bei Maupassant ebenfalls »éclairée à la lumière électrique«, allerdings wurde *Bel-Ami* 1885 veröffentlicht, fünf Jahre später, als sich die Handlung im Film zutragen soll.

(33)
Es fehlt an dieser Stelle leider der Platz, genauer auf eine existenzialistisch-marxistische Theorie des Besitzes und damit auch des Besitzes von Kunst einzugehen, deshalb hier nur ein kurzes Zitat: »Wenn sich ein Mensch mit einer allein oberflächlichen Beziehung zu den Dingen zufrieden gibt und sagt: ›Mein Gemälde, mein Park, meine Arbeiter‹, weil ihm ein Vertrag gewisse Rechte über diese Objekte zuspricht, so macht er sich etwas vor; er möchte seinen Platz auf der Erde erweitern, sein Sein über die Grenzen seines Körpers und seiner Erinnerung hinaus ausdehnen, ohne sich in die Gefahr des Handelns zu begeben. Das Objekt bleibt ihm gegenüber jedoch gleichgültig,

fremd. Die sozialen, organischen, ökonomischen Beziehungen sind nichts weiter als äußerliche Beziehungen, auf die sich kein wirklicher Besitz gründen lässt.« Simone de Beauvoir, »Pyrrhus et Cinéas«, in: *Pour une morale de l'ambiguïté*, Paris 1969, S. 243.

(34)
Antoine Guillemet (1843–1918), Henri Harpignies (1819–1916), Gustave Guillaumet (1840–1887), alle drei Landschaftsmaler, Harpignies mit einer Vorliebe für »orientalische« Motive, weshalb Maupassant ihm auch eine »plaine d'Algérie« zuschreibt.

(35)
Henri Gervex (1852–1929), Jules Bastien-Lepage (1848–1884), William Bouguereau (1825–1905), Jean-Paul Laurens (1838–1921).

(36)
Jean Béraud (1849–1935) malte zahlreiche Pariser Straßenszenen, wenn auch nicht diese.

(37)
Eugène Lambert (1825–1900), Tiermaler, der sich auf die Darstellung von Hunden und Katzen spezialisierte (»Katzenraphael«).

(38)
Jean Baptiste Édouard Detaille (1848–1912) war ein Maler von Motiven aus der Welt der französischen Armee.

(39)
Maurice Leloir (1853–1940), war ein Illustrator, der sich vor allem mit der französischen Geschichte beschäftigte.

(40)
Erving Goffman (*Wir alle spielen Theater*, München 1969) beschreibt diesen Vorgang, bei dem alle von etwas wissen, ohne sich untereinander über dieses Wissen zu verständigen, sehr genau anhand eines Krebskranken und dessen Familie.

(41)
Dieter Scholz, *Pinsel und Dolch*, Berlin 1999, S. 247.

(42)
Rudolf Hausner in: Hans Holländer (Hg.), *Hausner-Monographie*, S. 251.

(43)
(1527–1607), Maler und Architekt, jedoch vor allem bekannt durch sein Werk *Perspectiva: die weitberühmte Kunst gantz nötig allen liebhabern der Mathematiquen*, das eine Fülle von komplexen, perspektivischen Raumkonstruktionen enthält und von dem Hausner sich immer wieder inspirieren ließ.

(44)
https://austria-forum.org/af/AustriaWiki/Heinz_Grill.

(45)
Hausner sagt selbst, dass ihn die *Arche des Odysseus* »mit einer Unterbrechung von zwei Jahren (...) acht Jahre in Atem hielt« (Holländer, *Hausner*, S. 241) Man kann folglich davon ausgehen, dass die Unterbrechung des Arbeitsprozesses eine erzwungene und keine freiwillige war.

(46)
Hausner, »In der Tatra – 1948», in: Holländer, *Hausner*, S. 239 f.

(47)
»Nur wenig bekannt ist, dass nach schweren Verletzungen, wie auch nach Operationen bei wachem Bewusstsein, stunden- und sogar oft tagelang anhaltende traumartige Szenen erlebt werden können, die den Erkrankten in eine vollkommen andere Wirklichkeit versetzen. Es wird von einem ›oneiroiden Erleben‹ (oneiros, griech.; übers.: Traum) gesprochen, welches für die Betroffenen – anders als ein nächtlicher Traum – eine unbezweifelbare Erfahrungsgewissheit darstellt.« Skandies/Paus (Hg.), *Joseph Beuys Handbuch*, Berlin 2021, S. 15.

(48)
Skandies/Paus, *Joseph Beuys*, S. 18.

(49)
Ebd.

(50)
Eine auch von surrealistischen Malern angewandte Methode, etwa von Yves Tanguy.

(51)
Holländer, *Hausner*, S. 240.

(52)
Ebd., S. 249.

(53)
Auf diese Verbindung machte mich Maja Bechert aufmerksam.

(54)
Dr. Kurt Eigl, »Zur neuen Auflage«, in: *Malerei des Phantastischen Realismus*, S. 7.

(55)
Frank Witzel, »Die Träumer – von Mauern umgeben«, in: Pierre Gallisaires (Hg.), *Das Paris der Surrealisten*, Hamburg 1980, S. 15.

(56)
Rudolf Hausner nahm 1959 an der documenta II teil.

(57)
Ich kann an dieser Stelle bedauerlicherweise nicht auf die vielen Verbindungen eingehen, die Heidegger in diesem Text knüpft, obwohl hier einige der Fragen in Bezug auf Kunst, wie sie sich etwa die Akteure im Film *Scarlett Street* immer wieder stellen, behandelt werden. Heidegger stößt bei der Definition von Kunst auf einen »Kreisgang«, dem jedoch gefolgt werden muss. »Man meint, was Kunst sei, lasse sich durch eine vergleichende Betrachtung der Kunstwerke an diesen abnehmen. Aber wie sollen wir dessen gewiß sein, daß wir für eine solche Betrachtung in der Tat Kunstwerke zugrunde legen, wenn wir nicht zuvor wissen, was Kunst ist?» Martin Heidegger, »Der Ursprung des Kunstwerks« in: *Holzwege*, Frankfurt a. M. 1972, S. 8.

(58)
Ebd., S. 25.

(59)
»Die Ehrfurcht vor der Gottheit hat zu der uralten Vorschrift geführt, daß man im Verkehr mit ihr keine

Sch.e tragen, ein Heiligtum nicht mit Sch.en betreten dürfe, was vor allem seit je für die Priester galt.« Hans Bächtold-Stäubli, *Handwörterbuch des Aberglaubens*, Berlin 1987, Bd. VII, Spalte 1349. Ebenso wird Moses von der Stimme im brennenden Dornbusch aufgefordert: »Tritt nicht herzu, zieh deine Schuhe von deinen Füßen; denn der Ort, darauf du stehest, ist heiliges Land!» 2. Moses 3.5.

(60)
Michel Butor, *Histoire extraordinaire*, Paris 1988, S. 12.

(61)
Ebd., S. 49.

(62)
Im weiteren Verlauf des Textes kommt Heidegger dann zu der Frage: »Wie geschieht diese Wahrheit als Unverborgenheit?» Die Antwort darauf gibt ihm der Begriff der Lichtung, in die das Seiende als Seiendes »herein- und hinaussteht«. Allerdings ist die Lichtung »in sich zugleich Verbergung«. Interessant zudem, hier an dieser Stelle als Vorgriff auf ein Thema, mit dem ich mich gleich noch genauer beschäftigen werde, dass Heidegger die Lichtung auch als »offene Mitte« bezeichnet, die »wie das Nichts, das wir kaum kennen, alles Seiende« umkreist. Heidegger, *Holzwege*, S. 39 f.

(63)
Herbert Reinecker, *Die Illusionen der Vergangenheit*, Frankfurt a. M. 1992, S. 291.

(64)
Ebd., S. 292.

(65)
Die 69 Folgen der Fernsehserie *Columbo* liefen, nach Ausstrahlung eines Piloten im Jahr 1968, von 1971 bis 1974 und dann ab 1989 in größeren Abständen bis zum Jahr 2003, überschneiden sich also mit der Ausstrahlung von *Derrick*, vor allem wenn man berücksichtigt, dass *Columbo* erst ab April 1975 im deutschen Fernsehen gezeigt wurde.

(66)
Lilian Mathieu, *Columbo – la lutte des classes ce soir à la télé*, Paris 2018.

(67)
Tatsächlich ist ein immer wieder auftauchender Topos, dass Columbo etwa für einen Bediensteten oder Obdachlosen gehalten wird und sich nie dagegen zu Wehr setzt, vielmehr die ihm aufgetragenen Arbeiten erledigt, zum Beispiel wie ein Hausangestellter das Taxi zahlt und den Koffer ins Haus trägt.

(68)
Dass Derrick, im Gegensatz etwa zum Kommissar, nicht verheiratet ist, gehört zu den im Nachgang von «'68» sich in den 1970er Jahren auch im kleinbürgerlichen Milieu etablierenden »gelockerten Sitten«, zu denen vor allem die Darstellung weiblicher Nacktheit in Werbung und Medien, aber auch zum Beispiel längere Haare bei Politikern, Fußballern und, nach dem Haarnetz-Erlass vom 8.2.1971, Soldaten gehörten.

(69)
In den ersten vierzehn *Derrick*-Folgen, die vom Oktober 1974 bis Oktober 1975 liefen, starben sechs Männer, davon zwei durch Selbstmord und einer durch ein Versehen, während mindestens dreizehn Frauen getötet wurden – mindestens, weil unklar bleibt, wie viel ältere Damen Curd Jürgens in der Folge »Madeira« tatsächlich umgebracht hat.

(70)
Tatsächlich ist Kowalj (1943–1988) zum Zeitpunkt der Dreharbeiten bereits 35.

(71)
Holländer, *Hausner*, S. 240.

(72)
Hausner überwand die klassische Perspektive mithilfe seiner »Multiperspektivität«, indem er unter anderem einerseits Vorlagen aus dem besagten Buch *Perspektiven* des Renaissance-Architekten Jan Vredeman de Vries genau übernahm, in den Gebäuden und Gängen aber Figuren und Gegenstände so anordnete, dass sie sich außerhalb der vorgegebenen Fluchtlinien befanden.

(73)
Wie überhaupt Werke zu bewerten sind, die von Künstlern hergestellt werden, um die Narrative um Künstlerviten zu illustrieren, wäre Thema einer eigenen Untersuchung. So »verrät« Decker hier und da unabsichtlich sein Können, etwa wenn er mit wenigen Pinselstrichen die Materialität von Glas zu erfassen versteht, was der fehlenden Perspektive und anderen bewusst eingebauten künstlerischen Mängeln widerspricht.

(74)
Interessant ist in dem Zusammenhang die zitierte Äußerung Kittys, die den Vergleich zwischen Kunst und Realität von der mimetisch anderen Seite aufmacht, dadurch aber ebenfalls zu einem für die Kunst negativen Ergebnis gelangt; die gemalte Blume würde ihr zwar spontan gefallen, gäbe es nicht den Einwand, dass eine solche Blume in der Realität nicht existiert.

(75)
Holländer, *Hausner*, S. 18 f.

(76)
Konnte mir der Hausner neben dem Bett Rohns überhaupt nur auffallen bzw. mich in dem Maße interessieren, weil ich in ihm den Max Ernst neben der Couch meines Analytikers (wieder)erkannte? Hole ich also an dieser Stelle das nach, was ich seinerzeit versäumte, nämlich über dieses Bild zu sprechen?

(77)
Hans Sedlmayr, *Die Revolution der modernen Kunst*, Köln 1985, U4.

(78)
Hans Sedlmayr, *Verlust der Mitte*, Frankfurt a. M. 1985, U4.

(79)
Ebd.

(80)
Johann Peter Eckermann, *Gespräche mit Goethe,* Basel 1945, Bd. 1, S. 309 f.

(81)
Ebd., Bd. 2, S. 648.

(82)
»Hans Sedlmayr weiß das sehr genau. Er hat sich deshalb wiederholt auf mich berufen. So war's freilich nicht gemeint. Man glaube ja nicht, die neue Kunst sei so, wie sie ist, weil die Welt so schlecht sei, und in einer besseren sei sie besser. Das ist Hotelbildperspektive.« Theodor W. Adorno, »Vorschlag zur Ungüte«, in: *Kulturkritik und Gesellschaft I,* Frankfurt a. M. 2003. Siehe auch Adornos Aufsätze »Erpresste Versöhnung« oder »Kritik des Musikanten«.

(83)
Theodor W. Adorno, *Ästhetische Theorie,* Frankfurt a. M. 1973, S. 35 f.

(84)
Sedlmayr, *Revolution,* S. 104.

(85)
Ebd., S. 105.

(86)
Evonne Levy, *Sedlmayr and Shapiro Correspond, 1930–1935,* S. 236 Fußnote 3.

(87)
Sedlmayr, *Revolution,* S. 104.

(88)
Ebd., S. 105.

(89)
Es scheint mir bemerkenswert, dass Sedlmayr in seiner Schreibweise auf pseudo-heideggerianische Weise immer wieder den wörtlichen Sinn eines Begriffs hervorhebt (Un-Zucht, Komposition, ver-rückt etc.), ohne dass sich im gegebenen Kontext ein besonderer Bedeutungszuwachs erschließen ließe.

(90)
Sedlmayr, *Revolution,* S. 105.

(91)
Bertrand Lacarelle, *Jacques Vaché,* Paris 2015, S. 166.

(92)
André Breton, »Les pas perdues«, in: *Œuvres complètes I.,* Paris 2008, S. 194.

(93)
Sedlmayr, *Revolution,* S. 108 f.

(94)
Ebd., S. 106.

(95)
André Breton, »Qu'est-ce que le surréalisme?», Paris 1986, S. 12.

(96)
Ebd., S. 17.

(97)
Erneut wird deutlich, wie eng die Ästhetik mit der Frage nach Wahrheit verknüpft ist und weshalb Heidegger beinahe zwangsläufig bei der Beschäftigung mit dem Ursprung des Kunstwerks auf sie zu sprechen kommt.

(98)
Der Regisseur der Folge »Nur Aufregungen für Rohn«, Wolfgang Becker, Jahrgang 1910, arbeitete in der Heeresfilmstelle und war am Einmarsch in Polen beteiligt. Der Hauptdarsteller Horst Tappert, Jahrgang 1923, war Mitglied der Waffen-SS. Und auch der Kameramann Manfred Ensinger und der Szenenbildner Wolf Englert waren als Jahrgänge 1924 bzw. 1929 und durch ihren beruflichen Werdegang eher der Generation Reineckers zuzurechnen als etwa dem »jungen deutschen Film«.

(99)
Herbert Reinecker, *Die Illusionen der Vergangenheit*, Frankfurt a. M. 1992, S. 5.

(100)
Ebd., S. 94.

(101)
Ebd.

(102)
Ebd., S. 35.

(103)
Ebd., S. 95.

(104)
Ebd., S. 96.

(105)
Ebd., S. 97.

(106)
Martin Heidegger, *Anmerkungen VI–IX*, Gesamtausgabe Bd. 98, Frankfurt a. M. 2018, S. 132.

(107)
Martin Heidegger, *Winke I und II*, Gesamtausgabe Bd. 101, Frankfurt a. M. 2020, S. 163. Ich verdanke den Hinweis auf die Heidegger-Zitate Peter Trawny.

(108)
»Camp sees everything in quotation marks. It's not a lamp, but a ›lamp‹; not a woman, but a ›woman‹. To perceive Camp in objects and persons is to understand Being-as-Playing-a-Role«. It is the farthest extension, in sensibility, of the metaphor of life as theater.« Susan Sontag, »Notes on ›Camp‹«, in: *Against Interpretation*, New York 1969, S. 281. Ich gebe gern zu, dass ich Sontag in meiner Anwendung von »Camp« missverstehe, da es zum einen fragwürdig ist, ob eine »Camp-Interpretation« eines letztlich mit einem wie auch immer gearteten künstlerischen Anspruch hergestellten Produkts, wie etwa einem Fernsehfilm, überhaupt möglich ist, sich andererseits dieser Blickwinkel bewusst einnehmen lässt, so wie ich quasi vom rein konsumierenden und eher abwesenden Betrachten auf ein »Betrachten« in Anführungszeichen »umschaltete«, und ob nicht vielmehr die Störung, die mich zu diesem »Umschalten« meiner Wahrnehmung brachte, nicht der in dem Film vorhandenen künstlerischen Qualität zu verdanken war. Nicht ich versah das, was ich sah, mit Anführungszeichen, sondern das, was ich sah, machte mich zum »Betrachter« (in Anführungszeichen). Es wäre damit das geschehen, was Horst Bredekamp in dem

Satz beschreibt: »Das Werk spricht den Betrachter auf eine Weise an, die er nicht kontrollieren kann.« War meine Beschäftigung mit *Derrick/ Hausner* vielleicht nichts anderes als ein Versuch, diese verlorene Kontrolle wiederzuerlangen?

(109)
»Jede Reproduktion ist ein Original *sui generis* und muss als solches betrachtet und beurteilt werden.« Horst Bredekamp, »Bildzensur in der Digitalmoderne«, https://www.youtube.com/watch?v=aI9CYTKh4Cs.

(110)
26,6 Sekunden dauert die auf Normal 8 mit Kodachrome vonAbraham Zapruder am 22. November 1963 in Dallas gedrehte Sequenz, die zufällig das Attentat auf John F. Kennedy festhält. Die Szene besteht aus 486 Einzelbildern, die sämtlich nummeriert sind und tausendfach analysiert wurden. Der entscheidende Moment, in dem die Schüsse fallen, fehlt allerdings auch hier, weil in diesem Augenblick Kennedys Wagen für Zapruders Kamera von einem Straßenschild verdeckt wurde.

(111)
Truffaut wechselt hier ebenfalls vom Film zur Fotografie (bzw. zum *film still*), da der Film in dem Moment anhält, als Jean-Pierre Léaud die »vierte Wand« durchbricht und direkt in die Kamera schaut – obwohl er allein am Strand ist. Dann zoomt die Kamera in das unbewegte Bild hinein, und das Wort »Fin«, über dessen Bedeutung bzw. dessen Verschwinden im Film ich schon immer einmal schreiben wollte, erscheint.

(112)
Oder auch die Paraphrase dieses Endes in *Midnight Cowboy*, der erstaunlicherweise nur zwei Jahre nach *The Graduation* (1967) mit einem scheinbar um Jahrzehnte gealterten Dustin Hoffman herauskam.

ABBILDUNGSVERZEICHNIS

Klappe vorn:
Standbild aus:
Herbert Reinecker (Drehbuch),
Wolfgang Becker (Regie),
Wolf Englert (Szenenbild),
Nur Aufregungen für Rohn,
aus der Fernsehserie *Derrick*,
Folge 6, Staffel 1, min. 13:50, 1975.

Klappe hinten:
Rudolf Hausner, *Forum der einwärtsgewendeten Optik*,
Tempera und Harzölfarben auf Sperrholz, 1948, 64 × 123 cm,
Historisches Museum der Stadt Wien.

S. 11
Abb. 1: Salvador Dalí,
Das architektonische Angelusläuten Millets, Öl auf Leinwand, 1933,
73 × 60 cm, Museo Reina Sofía, Madrid.

S. 23
Abb. 2: Standbild aus:
Herbert Reinecker (Drehbuch),
Wolfgang Becker (Regie),
Wolf Englert (Szenenbild),
Nur Aufregungen für Rohn,
aus der Fernsehserie *Derrick*,
Folge 6, Staffel 1, min. 47:56, 1975.

S. 59
Abb. 3: Maximilien Luce,
Lithographie aus:
Jules Vallès, *Mazas*,
L'Estampe Originale,
Paris 1894, 32,7 × 24,1 cm.

S. 63
Abb. 4: Detail aus: Rudolf Hausner,
Forum der einwärtsgewendeten Optik, Tempera und Harzölfarben
auf Sperrholz, 1948, 64 × 123 cm,
Historisches Museum der Stadt Wien.

S. 65
Abb. 5: Rudolf Hausner,
Eva im Labyrinth, Farbradierung
auf Bütten, 1973, 39,2 × 49,7 cm.

S. 67
Abb. 6: Rudolf Hausner,
Die Arche des Odysseus,
Tempera und Harzölfarben auf
Sperrholz, 1948–51, 85 × 141 cm,
Historisches Museum der Stadt Wien.

S. 79
Abb. 7: Standbild aus:
Herbert Reinecker (Drehbuch),
Wolfgang Becker (Regie),
Wolf Englert (Szenenbild),
Nur Aufregungen für Rohn,
aus der Fernsehserie *Derrick*,
Folge 6, Staffel 1, min. 15:29, 1975.

S. 80
Abb. 8: Paul Klee, *Kampfszene aus der komisch-phantastischen Oper »Der Seefahrer«*, Bleistift, Aquarell,
Ölfarbe auf Papier, 1923,
28 × 51,1 cm, Privatbesitz.

S. 85
Abb. 9: Standbild aus:
Herbert Reinecker (Drehbuch),
Wolfgang Becker (Regie),
Wolf Englert (Szenenbild),
Nur Aufregungen für Rohn,
aus der Fernsehserie *Derrick*,
Folge 6, Staffel 1, min. 31:49, 1975.

S. 113
Abb. 10: Max Ernst,
Die Sirenen schlafen ein, wenn die Vernunft erwacht,
Öl auf Leinwand, 1960,
65 × 54 cm, Pinakothek der Moderne, München.

S. 140
Abb. 11: Standbild aus:
Herbert Reinecker (Drehbuch),
Wolfgang Becker (Regie),
Wolf Englert (Szenenbild),
Nur Aufregungen für Rohn,
aus der Fernsehserie *Derrick*,
Folge 6, Staffel 1, min. 14:53, 1975.

S. 144
Abb. 12: Standbild aus:
Herbert Reinecker (Drehbuch),
Wolfgang Becker (Regie),
Wolf Englert (Szenenbild),
Nur Aufregungen für Rohn,
aus der Fernsehserie *Derrick*,
Folge 6, Staffel 1, min. 57:15, 1975.

BILDNACHWEISE:
Klappe vorn: © ZDF
Klappe hinten: © Xenia Hausner
(1): © Salvador Dalí, Fundació Gala-Salvador Dalí.
(2)(7)(9)(11)(12): © ZDF
(4)(5)(6): © Xenia Hausner
(10): © VG-Bild, Bonn

Schlaufen Verlag
Pfeddersheimer Weg 30
D-14129 Berlin
www.schlaufen-verlag.de
info@schlaufen-verlag.de

Lektorat: Vincent Sauer
Design: Jonas Hirschmann
Satz: Leonard Keidel
Druck: H. Heenemann GmbH
Schrift: Bradford LL Book

ISBN: 978-3-98761-000-4
Printed in Germany

Erste Auflage: Oktober 2022

Vertrieb Deutschland:
Gemeinsame Verlagsauslieferung
Göttingen GmbH & Co. KG
Postfach 2021
D-37010 Göttingen
www.gva-verlage.de
info@gva-verlage.de